Gröls Verlage

„BÜCHER SIND WIE FALLSCHIRME. SIE NÜTZEN UNS NICHTS, WENN WIR SIE NICHT ÖFFNEN.“

Gröls Verlag

Redaktionelle Hinweise und Impressum

Das vorliegende Werk wurde zugunsten der Authentizität sehr zurückhaltend bearbeitet. So wurden etwa ursprüngliche Rechtschreibfehler *nicht* systematisch behoben, denn kleine Unvollkommenheiten machen das Buch – wie im Übrigen den Menschen – erst authentisch. Mitunter wurden jedoch zum Beispiel Absätze behutsam neu getrennt, um den Lesefluss zu erleichtern.

Um die Texte zu rekonstruieren, werden antiquarische Bücher von Lesegeräten gescannt und dann durch eine Software lesbar gemacht. Der so entstandene Text wird von Menschen gegengelesen und korrigiert – hierbei treten auch Fehler auf. Wenn Sie ebenfalls antiquarische Texte einreichen möchten, finden Sie weitere Informationen auf www.groels.de

Viel Freude bei der Lektüre wünscht Ihnen das Team des Gröls-Verlags.

Adressen

Verleger: Sophia Gröls, Im Borngrund 26, 61440 Oberursel

Externer Dienstleister für Distribution & Herstellung: BoD, In de Tarpen 42, 22848 Norderstedt

Unsere „Edition | Werke der Weltliteratur“ hat den Anspruch, eine der größten und vollständigsten Sammlungen klassischer Literatur in deutscher Sprache zu sein. Nach und nach versammeln wir hier nicht nur die „üblichen Verdächtigen“ von Goethe bis Schiller, sondern auch Kleinode der vergangenen Jahrhunderte, die – zu Unrecht – drohen, in Vergessenheit zu geraten. Wir kultivieren und kuratieren damit einen der wertvollsten Bereiche der abendländischen Kultur. Kleine Auswahl:

Francis Bacon • Neues Organon • **Balzac** • Glanz und Elend der Kurtisanen • **Joachim H. Campe** • Robinson der Jüngere • **Dante Alighieri** • Die Göttliche Komödie • **Daniel Defoe** • Robinson Crusoe • **Charles Dickens** • Oliver Twist • **Denis Diderot** • Jacques der Fatalist • **Fjodor Dostojewski** • Schuld und Sühne • **Arthur Conan Doyle** • Der Hund von Baskerville • **Marie von Ebner-Eschenbach** • Das Gemeindekind • **Elisabeth von Österreich** • Das Poetische Tagebuch • **Friedrich Engels** • Die Lage der arbeitenden Klasse • **Ludwig Feuerbach** • Das Wesen des Christentums • **Johann G. Fichte** • Reden an die deutsche Nation • **Fitzgerald** • Zärtlich ist die Nacht • **Flaubert** • Madame Bovary • **Gorch Fock** • Seefahrt ist not! • **Theodor Fontane** • Effi Briest • **Robert Musil** • Über die Dummheit • **Edgar Wallace** • Der Frosch mit der Maske • **Jakob Wassermann** • Der Fall Maurizius • **Oscar Wilde** • Das Bildnis des Dorian Grey • **Émile Zola** • Germinal • **Stefan Zweig** • Schachnovelle • **Hugo von Hofmannsthal** • Der Tor und der Tod • **Anton Tschechow** • Ein Heiratsantrag • **Arthur Schnitzler** • Reigen • **Friedrich Schiller** • Kabale und Liebe • **Nicolo Machiavelli** • Der Fürst • **Gotthold E. Lessing** • Nathan der Weise • **Augustinus** • Die Bekenntnisse des heiligen Augustinus • **Marcus Aurelius** • Selbstbetrachtungen • **Charles Baudelaire** • Die Blumen des Bösen • **Harriett Stowe** • Onkel Toms Hütte • **Walter Benjamin** • Deutsche Menschen • **Hugo Bettauer** • Die Stadt ohne Juden • **Lewis Caroll** • *und viele mehr….*

Rabindranath Tagore

Nationalismus

Inhalt

Nationalismus im Westen 6

Nationalismus in Japan 42

Nationalismus in Indien 80

Nationalismus im Westen

Die Geschichte der Menschheit gestaltet sich nach den Schwierigkeiten, denen sie begegnet. Diese stellen uns Aufgaben, die wir lösen müssen, wenn wir nicht herabsinken oder zugrunde gehen wollen.

Diese Schwierigkeiten sind verschieden bei den verschiedenen Völkern der Erde, und die Art, wie sie sie überwinden, macht ihren besonderen Charakter aus.

Die Skythen des alten Asiens hatten mit der Kargheit ihrer natürlichen Hilfsquellen zu kämpfen. Als die bequemste Lösung erschien ihnen, daß sie ihre ganze Bevölkerung, Männer, Frauen und Kinder, zu Räuberbanden organisierten. Und so wurden sie denen unwiderstehlich, deren Hauptleistung die friedlich aufbauende Arbeit bürgerlicher Gemeinschaft war.

Aber zum Glück für den Menschen ist der bequemste Weg nicht der ihm gemäßeste Weg. Wenn er nur seinem Instinkt zu folgen hätte, wie eine Schar hungriger Wölfe, wenn er nicht zugleich sittliches Wesen wäre, so würden jene Räuberhorden schon inzwischen die ganze Erde verheert haben. Aber der Mensch muß, wenn er Schwierigkeiten gegenübersteht, die Gesetze seiner höheren Natur anerkennen, deren Nichtbeachtung ihm zwar augenblicklichen Erfolg bringen kann, aber ihn sicher zum Untergang führt. Denn das, was der niedern Natur nur Hindernis ist, ist der höhern Lebensform eine Möglichkeit zu höherer Entwicklung.

Indien hat vom Anfang seiner Geschichte an seine Aufgabe gehabt: das Rassenproblem. Ethnologisch verschiedene Rassen sind in diesem Lande in nahe Berührung miteinander gekommen. Die Tatsache war zu allen Zeiten und ist noch heute die wichtigste in unserer Geschichte. Es ist unsere Aufgabe, ihr ins Gesicht zu sehen und unsern Menschenwert dadurch zu erweisen, daß wir sie im tiefsten Sinne lösen. Solange wir nicht diese Aufgabe erfüllt haben, wird uns Glück und Gedeihen versagt sein.

Es gibt andere Völker in der Welt, die in der sie umgebenden Natur Hindernisse zu überwinden haben oder von mächtigen Nachbarn bedroht sind. Sie haben ihre Kräfte organisiert, nicht nur so weit, daß ihnen von der Natur und von menschlichen Nachbarn keine Gefahr mehr drohen kann, sondern daß sie selbst durch ihre überschüssige Kraft zu einer Gefahr für andere geworden sind. Aber die Geschichte unseres Landes, wo die Schwierigkeiten innerer Art sind, ist eine Geschichte beständiger sozialer Schlichtung und Anpassung, nicht eine Geschichte zu Verteidigung und Angriff organisierter Macht.

Weder die farblose Unbestimmtheit des Kosmopolitismus noch die leidenschaftliche Selbstvergötterung des Nationalitätskults ist das Ziel der menschlichen Geschichte. Und Indien hat versucht, seine Aufgabe zu erfüllen, indem es einerseits die Verschiedenheiten in eine soziale Ordnung gebracht und andererseits das Bewußtsein der Einheit im Geist entwickelt hat. Es hat schwere Fehler begangen, indem es zu starre Schranken zwischen den Rassen aufrichtete und durch das Kastenwesen gewisse Stände dauernd herabdrückte und zur Minderwertigkeit verurteilte; es hat oft den Geist seiner Kinder verkrüppelt und ihr Leben eingeengt, um sie den sozialen Formen anzupassen; aber Jahrhunderte hindurch hat es immer wieder neue Versuche gemacht und Ausgleichungen geschaffen.

Indiens Aufgabe war die einer Wirtin, die für zahlreiche Gäste zu sorgen hat, deren Gewohnheiten und Bedürfnisse alle voneinander verschieden sind. Dies bringt endlose Schwierigkeiten mit sich, deren Hebung nicht nur Takt erfordert, sondern wahre Teilnahme und das Bewußtsein der Einheit des Menschengeschlechts. Dieses Bewußtsein allgemein zu machen, haben schon seit der frühen Zeit der Upanishads bis in unsere Zeit große religiöse Lehrer geholfen, deren Ziel es war, alle menschlichen Unterschiede auszulöschen im überströmenden Gottesbewußtsein. Unsere Geschichte besteht fürwahr nicht in dem Aufblühen und Zerfallen von Königreichen, in Kämpfen um politische Übermacht. Bei uns sind die Berichte von solchen Ereignissen verachtet und vergessen, denn sie machen keineswegs die wahre Geschichte unseres Volkes aus. Unsere Geschichte berichtet von sozialem Leben und von der Verwirklichung religiöser Ideale.

Aber wir fühlen, daß unsere Arbeit noch nicht getan ist. Die Flut der Welt ist über unser Land hingefegt, neue Elemente sind uns zugeströmt, und Anpassungen größeren Stils sind nötig.

Wir fühlen dies um so mehr, als die Lehre und das Beispiel des Westens dem, was wir für unsere Aufgabe halten, gerade zuwiderläuft. Im Westen wird durch den nationalen Mechanismus von Handel und Politik die Menschheit schön ordentlich in Ballen zusammengepreßt, die ihren Nutzen und hohen Marktwert haben; sie sind mit eisernen Reifen umspannt, mit Aufschrift versehen und mit wissenschaftlicher Sorgfalt und Genauigkeit sortiert. Gott schuf doch wahrlich den Menschen, daß er menschlich sei; aber dieses moderne Produkt ist so wunderbar regelmäßig zugeschnitten und poliert, hat so sehr den Charakter der Fabrikware, daß der Schöpfer Mühe haben wird, es als ein geistiges Wesen zu erkennen, als das Geschöpf, das er nach seinem göttlichen Bilde schuf.

Aber ich greife schon vor. Was ich sagen wollte, ist dies. Nehmt es, wie ihr wollt: dieses Indien hat seit wenigstens fünf Jahrtausenden versucht, in Frieden zu leben, und dies Indien war ohne Politik, ohne Nationalismus; sein einziger Ehrgeiz war, diese Welt als beseelt zu erkennen und jeden Augenblick seines Lebens zu leben in demutsvoller Anbetung und im frohen Bewußtsein der ewigen und persönlichen Verwandtschaft mit ihr. Über diesen abgelegenen Teil der Menschheit, der die Harmlosigkeit des Kindes und die Weisheit des Alters hatte, brach die Nation des Westens herein.

Bei allen Kämpfen und Ränken und Betrügereien seiner früheren Geschichte war Indien selbst unbeteiligt geblieben. Denn seine Heimstätten, seine Felder, seine Tempel, seine Schulen, in denen Lehrer und Schüler in Einfachheit und Frömmigkeit und stiller Arbeit zusammenlebten, seine Dörfer mit ihrer friedlichen Selbstverwaltung und ihren einfachen Gesetzen – alles dies gehörte wirklich zu Indien. Aber nicht seine Throne. Sie berührten es so wenig wie die Wolken, die über sein Haupt hingingen, bald mit purpurner Pracht gefärbt, bald schwarz, gewitterdrohend. Oft hatten sie Verheerungen in ihrem Gefolge, aber sie waren wie Naturkatastrophen, deren Spuren bald verschwinden.

Aber diesmal war es anders. Diesmal war es kein bloßes Dahinjagen über die Oberfläche seines Lebens – ein Dahinjagen von Reitern und Fußsoldaten, von Elefanten mit reichen Schabracken, weißen Zelten und Sonnendächern, von Reihen geduldiger Kamele, die die Lasten des königlichen Hofes trugen, von Flötenbläsern und Paukenschlägern, Marmordomen und Moscheen, Palästen und Gräbern. Dies alles kam und ging sonst wie Perlen von schäumendem Wein, und mit ihm die Geschichten von Verrat und Treue, von plötzlichem Aufstieg und jähem Fall. Diesmal aber trieb die Nation des Westens die Fühlhörner ihres Mechanismus tief in den Boden hinein. Deshalb, sage ich euch, müssen wir selbst Zeugnis ablegen von dem, was unser Volk für die Menschheit bedeutete. Wir hatten die Horden der Mongolen und Afghanen kennengelernt, die in Indien einfielen, aber wir hatten sie kennengelernt als menschliche Rassen mit ihren besonderen Religionen und Sitten, Neigungen und Abneigungen – wir hatten sie nicht als Nation kennengelernt. Wir liebten und haßten sie, wie die Anlässe es ergaben, wir kämpften für oder gegen sie, sprachen mit ihnen in einer Sprache, die sowohl ihre als unsere war, und halfen so an unserm Teile mit, das Schicksal unseres Reiches zu lenken. Aber diesmal hatten wir es nicht mit Königen, nicht mit menschlichen Rassen zu tun, sondern mit einer Nation – wir, die wir selbst keine Nation sind.

Wir wollen jetzt einmal aus unserer eigenen Erfahrung heraus die Frage beantworten: Was ist eine Nation?

Eine Nation im Sinne politischer und wirtschaftlicher Vereinigung eines Volkes ist die Erscheinung, die eine ganze Bevölkerung bietet, wenn sie zu einem mechanischen Zweck organisiert wird. Die menschliche Gesellschaft als solche hat keinen über sie hinausreichenden Zweck. Sie ist Selbstzweck. Sie ist die Form, in der der Mensch als soziales Wesen sich von selbst ausdrückt. Sie ist die natürliche Ordnung menschlicher Beziehungen, die den Menschen die Möglichkeit gibt, in gemeinsamem Streben ihre Lebensideale zu entwickeln. Sie hat auch eine politische Seite, aber diese dient nur einem besonderen Zweck, dem der Selbsterhaltung. Es ist die Seite der Macht, nicht die des Lebensideals. Und so war in früheren Zeiten die Politik nur ein besonderes Gebiet, das Fachleuten vorbehalten war. Aber wenn mit Hilfe der Wissenschaft und der immer vollkommener werdenden Organisation dies Gebiet zu erstarken beginnt und reiche Ernten einbringt, dann wächst es mit erstaunlicher Schnelle über seine Grenzen hinaus. Denn dann spornt es alle seine Nachbargebiete zur Gier nach materiellem Gewinn und infolgedessen zu gegenseitiger Eifersucht an. Und weil jeder den andern fürchten muß, muß jeder nach Macht streben. Die Zeit kommt, wo es kein Halten mehr gibt, denn der Wettbewerb wird hitziger, die Organisation nimmt immer größern Umfang an, und die Selbstsucht wird übermächtig. Indem die Politik aus der Gewinnsucht und Furcht des Menschen Vorteil zieht, nimmt sie in der Gesellschaft einen immer größeren Raum ein und wird zuletzt ihre beherrschende Macht.

Es ist wohl möglich, daß ihr, durch die Gewohnheit abgestumpft, das Gefühl dafür verloren habt, daß heutzutage die natürlichen Bande der menschlichen Gesellschaft zerreißen und rein mechanischer Organisation Platz machen. Aber ihr könnt die Zeichen davon überall sehen. Ihr seht, wie Mann und Weib sich gegenseitig den Krieg erklären, weil das natürliche Band, das sie miteinander in Harmonie verbindet, gerissen ist. Der Mann ist nur noch Berufsmensch, der für sich und andere Reichtümer erzeugt, indem er beständig das große Rad der Macht dreht – sich selbst und der allgemeinen Bureaukratie zuliebe. Die Frau mag hinwelken und sterben oder ihren Lebenskampf allein ausfechten. Und so ist an die Stelle von natürlichem Zusammenwirken Wettbewerb getreten. So wandelt sich sogar die seelische Beschaffenheit von Mann und Weib hinsichtlich ihrer Beziehung zueinander, und ihr Verhältnis wird das roher, kämpfender Elemente, nicht das von Menschen, die in einer auf gegenseitige Hingabe gegründeten Vereinigung ihre Ergänzung suchen. Denn die Elemente, die sich nicht mehr natürlich verbinden können, haben den Sinn ihres Daseins verloren. Wie Gasmoleküle, die in einem zu engen Raum zusammengepreßt sind, sind sie miteinander in beständigem Kampf, bis sie das Gefäß selbst zersprengen, das sie einzwängt.

Und dann denkt an jene, die sich Anarchisten nennen, die den Druck der Macht auf das Individuum in keiner Form dulden wollen. Der Grund ihrer Auflehnung ist, daß die Macht etwas zu Abstraktes geworden ist; sie ist ein wissenschaftliches Produkt, das in dem politischen Laboratorium der Nation erzeugt wird durch Einschmelzung der menschlichen Persönlichkeit.

Und was bedeuten im wirtschaftlichen Leben diese Streiks, die wie Dornsträucher auf unfruchtbarem Boden jedesmal, wenn sie niedergeschlagen sind, mit erneuter Kraft wieder emporschießen? Was anders, als daß der Reichtum erzeugende Mechanismus immer mehr ins Ungeheure anwächst und in keinem Verhältnis mehr steht zu allen andern Bedürfnissen der Gesellschaft – und daß der wirkliche Mensch immer mehr und mehr unter seinem Gewicht erdrückt wird? Solch ein Zustand bringt unvermeidlich beständige Fehden mit sich zwischen den Elementen, die nicht mehr von dem Ideal des vollen Menschentums beherrscht werden, und Kapital und Arbeit sind in ewigem wirtschaftlichem Kampf miteinander. Denn Gier nach Reichtum und Macht kennt keine Grenze, und aus einem Vergleich aus Eigennutz kann nie endgültige Versöhnung werden. Sie müssen bis ans Ende Eifersucht und Mißtrauen brüten, und dies Ende kann nur ein plötzlich hereinbrechendes Verderben sein oder geistige Wiedergeburt.

Wenn diese Organisation von Politik und Handel, die man Nation nennt, allmächtig wird auf Kosten der Harmonie der höheren Lebensformen, dann steht es schlimm um die Menschheit. Wenn ein Familienvater sich dem Spiel ergibt und die Pflichten gegen die Seinen an zweite Stelle treten, dann ist er nicht mehr ein Mensch, sondern eine von der Gewinnsucht getriebene Maschine. Dann kann er Dinge tun, deren er sich im normalen Zustande schämen würde. Wie beim einzelnen, so ist es auch bei der menschlichen Gesellschaft. Wenn sie nichts mehr ist als organisierte Kraft, so gibt es wenig Verbrechen, deren sie nicht fähig ist. Denn Zweck einer Maschine und das, was ihr ihre Daseinsberechtigung gibt, ist der materielle Erfolg, während Ziel und Zweck des Menschen allein das Gute ist. Wenn diese Organisationsmaschine anfängt, großen Umfang anzunehmen, und die Maschinenarbeiter zu Teilen der Maschine werden, dann wird der persönliche Mensch zu einem Phantom verflüchtigt, alles was Mensch war, wird Maschine und dreht das große Rad der Politik ohne das leiseste Gefühl von Mitleid und sittlicher Verantwortung. Es mag wohl vorkommen, daß selbst in diesem seelenlosen Getriebe die sittliche Natur des Menschen noch versucht, sich zu behaupten, aber all die Seile und Rollen knarren und kreischen, die Fäden des menschlichen Herzens verstricken sich in dem Räderwerk der menschlichen Maschine, und nur mit Mühe kann der sittliche Wille ein blasses, verkümmertes Abbild dessen, was er erstrebte, zustande bringen.

Dies abstrakte Wesen, die Nation, regiert Indien. Es werden bei uns eine Art Konserven angezeigt, die hergestellt und verpackt sein sollen, ohne von Händen berührt zu sein. Diese Beschreibung paßt auf die Art, wie Indien regiert wird; auch hier ist fast nichts von einer menschlichen Hand zu spüren. Die Gouverneure brauchen unsere Sprache nicht zu kennen, brauchen nicht in persönliche Berührung mit uns zu kommen, außer in ihrer Eigenschaft als Beamte, sie können aus hochmütiger Entfernung unsere Bestrebungen fördern oder hindern, sie können uns auf einen bestimmten politischen Weg führen und dann am Draht ihrer Amtsmaschinerie wieder zurückziehen; die englischen Zeitungen, deren Spalten mit dem Pathos, das die Sache verlangt, ausführlich von Unfällen auf den Londoner Straßen erzählen, brauchen nur eine knappe Notiz zu bringen von dem Elend, das weite Strecken Indiens heimsucht, die zuweilen mehr Raum einnehmen als die britischen Inseln.

Aber wir, die wir regiert werden, sind keine bloße Abstraktion. Wir sind Individuen mit lebendigem Gefühl. Was in Form einer leblosen Politik zu uns kommt, kann uns ins innerste Lebensmark dringen, kann unser Volk vielleicht für immer schwächen und hilflos machen, ohne daß auf der andern Seite ein menschliches Rühren sich fühlbar macht, oder jedenfalls sich so fühlbar macht, daß es irgendwelche Wirkung hätte. So umfassende und summarische Handlungen von so furchtbarer Verantwortung wird der Mensch nie mit solchem Grad von systematischer Unbekümmertheit da begehen, wo er individueller Mensch ist. Solche Handlungen werden nur möglich, wo der Mensch ein Polyp von Abstraktionen ist, der seine sich schlängelnden Arme mit ihren unzähligen Saugscheiben weit nach allen Seiten ausstreckt, selbst in die ferne Zukunft hinein. Unter solcher Regierung der Nation werden die Regierten von Mißtrauen verfolgt, und dies Mißtrauen erfüllt eine gewaltige Masse von organisiertem Hirn und Muskeln. Strafen werden zuerkannt, die in unzähligen Menschenherzen blutige Spuren zurücklassen; aber diese Strafen werden von einer rein abstrakten Gewalt ausgeteilt, in der die menschliche Persönlichkeit der ganzen Bevölkerung eines fernen Landes untergegangen ist.

Ich will hier jedoch nicht die Frage erörtern, insofern sie mein eigenes Land angeht, sondern ich will über ihre Bedeutung für die Zukunft der ganzen Menschheit sprechen. Es handelt sich hier nicht um die englische Regierung, sondern um die Regierung durch die

Nation – die Nation, die die organisierte Selbstsucht eines ganzen Volkes ist und alles das von ihm verkörpert, was am wenigsten menschlich und am wenigsten geistig ist. Wir haben intime Erfahrung nur mit der englischen Regierung gemacht, und man darf wohl annehmen, daß, soweit es sich um Regierung durch eine Nation handelt, die englische noch eine der besten ist. Wir müssen auch in Betracht ziehen, daß der Osten den Westen notwendig braucht. Wir ergänzen einander wegen unserer verschiedenen Art auf das Leben zu blicken, die uns zu verschiedenen Auffassungen von der Wahrheit geführt hat. Wenn es daher wahr ist, daß der Geist des Westens wie ein Sturmwind über unsere Felder hingefegt ist, so hat er doch auch lebendigen Samen mit sich gebracht, der unsterblich ist. Und wenn wir in Indien dahin kommen, das, was in der westlichen Kultur dauernd ist, in unser Leben aufzunehmen, so werden wir einst in der Lage sein, eine Versöhnung zwischen diesen beiden großen Welten zustande zu bringen. Dann wird der drückende und verletzende Zustand der einseitigen Herrschaft ein Ende haben. Und was mehr bedeutet, wir müssen bedenken, daß die Geschichte Indiens nicht einer bestimmten Rasse angehört, sondern daß in ihrem Verlauf verschiedene Rassen daran schöpferischen Anteil genommen haben – die Drawiden und Arier, die alten Griechen und die Perser, die Muhammedaner des Westens und die von Zentralasien. Jetzt ist die Reihe an den Engländern, dieser Geschichte ihr Recht zu geben und sie mit dem Einschlag ihres Lebens zu bereichern, und wir haben weder das Recht noch die Macht, dies Volk zu hindern, am Geschick Indiens mitzubauen.

Daher geht das, was ich über die Nation sage, mehr die Geschichte der Menschheit an als die Indiens im besonderen.

Diese Geschichte ist in ein Stadium gekommen, wo der sittliche Mensch, der ganze Mensch, fast ohne es zu wissen immer mehr und mehr dem politischen Menschen und dem Geschäftsmenschen, dem Menschen des begrenzten Ziels, Platz macht. Dieser Vorgang, der unterstützt wird durch die erstaunlichen Fortschritte der Naturwissenschaft, wird immer riesiger und gewaltiger und bringt den Menschen aus seinem sittlichen Gleichgewicht, indem er die menschliche Seite seines Wesens durch seelenlose Organisation überwiegen läßt. Wir haben seinen eisernen Griff an der Wurzel unseres Lebens gespürt, und um der Menschheit willen müssen wir aufstehen und unsern Warnungsruf erschallen lassen, daß dieser Nationalismus eine furchtbare Epidemie ist, die die heutige Menschheit erfaßt hat und an ihrer sittlichen Lebenskraft zehrt.

Ich schätze und liebe die Engländer als Menschen. Sie haben großherzige Männer erzeugt, große Denker und große Männer der Tat. Sie haben eine große Literatur hervorgebracht. Ich weiß, daß sie Gerechtigkeit und Freiheit lieben und die Lüge hassen. Sie sind rein in ihrem Fühlen, offen in ihrem Wesen, treu in ihrer Freundschaft; sie sind ehrlich und zuverlässig in ihrer Handlungsweise. Die persönlichen Erfahrungen, die ich mit ihren Gelehrten und Literaten gemacht habe, haben meine Bewunderung erregt, nicht nur für ihre Gedankentiefe und Kraft des Ausdrucks, sondern auch für ihre ritterliche Menschlichkeit. Wir haben die Größe dieses Volkes gefühlt, wie wir die Sonne fühlen;

aber was die Nation betrifft, so ist sie für uns ein dichter, erstickender Nebel, der die Sonne selbst verdeckt.

Diese Regierung durch die Nation ist weder englisch noch irgendeinem andern Volk besonders eigentümlich; sie ist eine angewandte Wissenschaft und daher, wo auch immer sie geübt wird, in ihren Grundsätzen mehr oder weniger sich ähnlich. Sie ist wie eine hydraulische Presse, deren Druck unpersönlich und deswegen von unfehlbarer Wirkung ist. Die Größe ihrer Kraft kann bei den verschiedenen Maschinen verschieden sein. Es gibt sogar solche, die mit der Hand getrieben werden und daher noch einen gewissen Spielraum für loseren Druck lassen, aber in bezug auf Geist und Methode sind die Unterschiede gering. Wenn unsere Regierung holländisch oder französisch oder portugiesisch wäre, so würde sie im wesentlichen doch dieselben Züge haben wie jetzt. Vielleicht nur, daß in einzelnen Fällen die Organisation nicht so unerbittlich vollkommen wäre und noch ein verlorener Rest von Menschlichkeit am Rad der Maschine hängenbleiben würde, bei dem unser pochendes Herz Antwort finden könnte.

Bevor die Nation zur Herrschaft über uns gelangte, hatten wir andere fremdländische Regierungen, und diese hatten, wie alle Regierungen, auch etwas von der Maschine an sich. Aber der Unterschied zwischen ihnen und der Regierung durch die Nation ist wie der zwischen Handweberei und Maschinenweberei. In den Erzeugnissen des Handwebstuhls drückt sich der Zauber der lebendigen, fühlenden Menschenhand aus, und sein friedliches Summen ist in Harmonie mit der Musik des Lebens. Aber die

Webemaschine ist starr und unerbittlich genau und monoton in ihrer Arbeit.

Wir müssen zugeben, daß in den früheren Zeiten der persönlichen Regierung Fälle von Tyrannei, Ungerechtigkeit und Erpressung vorkamen. Sie brachten Leiden und Unruhe, und wir sind dankbar, davon befreit zu sein. Der Schutz des Gesetzes ist nicht nur ein Geschenk, das uns zuteil wurde, sondern auch eine wertvolle Lehre. Er lehrt uns, welche Zucht nötig ist, wenn die Kultur Bestand haben und der Fortschritt dauern soll. Durch ihn wird uns klar, daß es eine allgemeine Norm der Gerechtigkeit gibt, auf die alle Menschen, ohne Rücksicht auf ihre Kaste und Farbe, gleiches Anrecht haben.

Diese Herrschaft des Gesetzes in der gegenwärtigen Regierung Indiens hat Ordnung hergestellt in diesem weit ausgedehnten Lande, das von Völkern verschiedener Rassen und verschiedener Sitten bewohnt wird. Sie hat es diesen Völkern möglich gemacht, näher miteinander in Berührung zu kommen und sich zu höherem Streben zu verbinden.

Aber es ist der *Geist* des Westens, nicht die *Nation* des Westens, die in den verschiedenen Rassen Indiens die Sehnsucht nach brüderlicher Vereinigung geweckt hat. Wo auch immer ein Volk Asiens eine höhere Weisheit vom Westen gelernt hat, da geschah es gegen den Willen der westlichen Nation. Nur weil Japan der Herrschaft der westlichen Nation hatte trotzen können, konnte es sich die Gaben der westlichen Kultur in vollstem Maße zu eigen machen. Und China, das von dieser Nation an der Quelle seines moralischen und physischen Lebens vergiftet worden ist, kann es vielleicht noch gelingen, dem Westen seine besten Lehren abzulauschen, wenn die Nation es nicht daran hindert. Erst jüngst geschah es, daß Persien, durch den Ruf des Westens aus seinem jahrhundertelangen Schlummer aufgeweckt, sich erhob, um sofort wieder von der Nation niedergetreten und zum Schweigen gebracht zu werden. Dieselbe Erscheinung zeigt sich auch hier bei euch in Amerika, wo das *Volk* gastfrei ist, aber nicht die *Nation*, die einem Gast aus dem Orient so begegnet, daß er sich als Vertreter seines Vaterlandes vor euch gedemütigt fühlt.

Wir in Indien leiden unter dem Konflikt zwischen dem *Geist* des Westens und der *Nation* des Westens. Die Wohltaten der westlichen Kultur werden uns von der Nation mit dem knappsten Maße zugeteilt. Sie versucht, unsere Ernährung dem Nullpunkt der Lebensfähigkeit so nah wie möglich zu halten. Was unserm Volk an Erziehung gewährt wird, ist so kärglich und armselig, daß es das Anstandsgefühl eines europäischen Menschen empören müßte. Wir haben gesehen, wie in den westlichen Ländern das Volk auf jede Weise ermutigt wird, sich zu bilden, und wie ihm jede Gelegenheit gegeben wird, sich tüchtig zu machen für den großen Wettkampf auf dem Weltmarkt, während in Indien das einzige, was die Nation für uns tut, ist, daß sie uns verhöhnt, weil wir zurückgeblieben sind. Während sie uns alle Möglichkeiten verschließt und unsere Erziehung auf das Minimum beschränkt, das eine fremde Regierung für ihre Durchführung braucht, beruhigt diese Nation ihr Gewissen damit, daß sie uns herabzusetzen sucht, indem sie geschäftig die zynische Weisheit verbreitet, daß Osten Osten und Westen Westen bleibt und die beiden nie eins werden können. Wenn wir glauben müssen, was unser westlicher Lehrer uns höhnend vorwirft, daß nach fast zwei Jahrhunderten seiner Vormundschaft Indien nicht nur unfähig geblieben ist, sich selbst zu regieren, sondern auch auf geistigem Gebiete keine Originalität hat aufweisen können – müssen wir dies der Art der westlichen Kultur und unserer angeborenen Unfähigkeit, sie aufzunehmen, zuschreiben, oder dem berechnenden Geiz der Nation, die die Aufgabe der Europäer, den Osten zu zivilisieren, auf sich genommen hat? Daß das japanische Volk Gaben hat, die uns fehlen, geben wir gern zu, aber daß unser Geist von Natur unschöpferisch ist im Vergleich zu ihrem, dies können wir selbst denen nicht zugeben, denen zu widersprechen für uns gefährlich ist.

In Wahrheit ist nämlich der westliche Nationalismus nicht auf soziales Zusammenwirken gegründet, sondern von Anfang an und bis in seinen innersten Kern vom Geist des Kampfes und der Eroberungssucht beherrscht. Er hat die Organisation der Macht bis zur Vollkommenheit entwickelt, aber keinen geistigen Idealismus. Er hat den Geist des Raubtiers, das seine Beute haben muß. Um keinen Preis will er dulden, daß seine Jagdgründe in Kulturland umgeschaffen werden. Ja, im Grunde kämpfen diese Nationen miteinander nur um größere Ausdehnung ihres Jagdgebietes. Daher stellt sich die westliche Nation wie ein Damm auf, um den freien Strom der westlichen Kultur in das nationslose Land aufzuhalten. Weil diese Kultur eine Kultur der Macht ist, sucht sie sich abzuschließen und will ihre Quellen nicht öffnen, die sie sich zur Ausbeutung erwählt hat.

Aber trotz alledem ist doch das sittliche Gesetz das Gesetz der menschlichen Natur, und der sich abschließenden Kultur, die sich von denen nährt, denen sie ihre Wohltaten versagt, wird ihre sittliche Halbheit zum Verderben. Die Sklaverei, die sie züchtet, trocknet allmählich die Brunnen ihrer Freiheitsliebe aus. Die Hilflosigkeit, zu der sie ihre Opfer verdammt, hängt sich mit ihrer ganzen Schwere an sie, und es wird ein Tag kommen, wo all die Länder der Welt, die die Nation am Eigenleben und an der Selbsterhaltung hindert, die furchtbarste aller Lasten für sie werden und sie in den Abgrund ziehen. Wenn die Macht so weit geht, daß sie, um ungehindert ihren Weg fortzusetzen, alle Hindernisse beiseite schiebt, dann endet ihre triumphierende Siegesfahrt mit jähem Sturz. Ihr sittlicher Hemmschuh gibt mit jedem Tage, ohne daß sie es merkt, immer mehr nach, und der Pfad, auf dem sie so leicht dahinglitt, wird ihr zum Verhängnis.

Von allen Gaben der europäischen Kultur sind es nur Gesetz und Ordnung, die uns die westliche Nation mit freigebigem Maß zugeteilt hat. Während die kleine Saugflasche, in der sie uns Erziehung verabfolgt, fast leer ist und die Gesundheitspflege am Hungertuch nagt, sind Einrichtungen wie die Heeresorganisation, das Verwaltungs- und Polizeiwesen, die Geheimpolizei, das geheime Spionagesystem zu abnormer Körperfülle gediehen und machen sich in jedem Winkel unseres Landes breit. Sie sind nötig, um die Ordnung aufrechtzuerhalten. Aber ist nicht diese Ordnung ein rein negatives Gut? Sollte Ordnung nicht dazu da sein, dem Volke mehr Möglichkeiten zu schaffen, sich ungehindert zu entwickeln? Hat sie nicht die Aufgabe der Eierschale, deren Wert darin besteht, daß sie dem Küchlein und seiner Nahrung Schutz gibt, nicht darin, daß sie dem Menschen in bequemer Form eine Frühstücksspeise bietet? Bloße Verwaltung ist unfruchtbar, ist nicht schöpferisch, da sie etwas Lebloses ist. Sie ist eine Dampfwalze, die furchtbar an Gewicht und Kraft ist, auch ihren Nutzen hat, aber nichts dazu tun kann, den Boden fruchtbar zu machen. Wenn sie, nachdem sie ihr ungeheures Werk getan hat, uns die Gabe des Friedens bietet, so können wir nur leise murmeln: „Friede ist gut, aber Leben ist besser, und das ist die Gabe, die Gott uns verliehen hat.

Andererseits fehlte es unsern früheren Regierungen an vielen Vorteilen der heutigen Regierung. Aber weil sie nicht Regierungen der Nation waren, war ihr Gewebe so lose gewoben und ließ Raum genug, daß unser eigenes Leben seine Fäden hindurchschießen und seine Muster heimlich hineinweben konnte. Sicher hatten wir in jener Zeit Dinge zu ertragen, die uns äußerst unangenehm waren. Aber wir wissen, daß, wenn wir barfuß auf Kieswegen gehen, unsere Füße sich allmählich den Launen der ungastlichen Erde anbequemen, während der kleinste Kiesel uns plagt und nicht zur Ruhe kommen läßt, sobald er in unsern Schuh dringt. Und die Regierung durch die Nation ist solch ein Schuh – er schließt knapp an, er regelt unsere Schritte nach einem festen System und läßt unsern Füßen so gut wie keine Freiheit, sich darin einzurichten. Wenn ihr daher eure Statistiken aufweist, die die Anzahl von Kieseln, an die unsere Füße früher stießen, mit der geringen Zahl unter dem gegenwärtigen System vergleichen, so treffen diese kaum das Wesentliche. Es handelt sich nicht um die Zahl der äußeren Hindernisse, sondern um die Ohnmacht des einzelnen, sie aus dem

Wege zu räumen. Diese Beschränkung der Freiheit ist ein Übel, das nicht sowohl durch seinen Umfang als durch seine Art unerträglich wird. Und wir können nicht umhin, den Widerspruch zu sehen, daß, während der *Geist* des Westens unter dem Banner der Freiheit dahinschreitet, die *Nation* des Westens ihre eisernen Ketten der Organisation schmiedet, die härtesten und unzerbrechlichsten, die je in der Menschheitsgeschichte geschmiedet wurden.

Als Indien noch nicht unter der Herrschaft der Organisation stand, waren die Möglichkeiten, daß die Zustände sich verändern könnten, groß genug, um kraftvollen und mutigen Männern das Gefühl zu geben, daß sie ihr Schicksal in ihre eigene Hand nehmen konnten. Die Hoffnung auf das Unerwartete war immer da, und ein freieres Spiel der Einbildungskraft, sowohl auf Seiten der Regierenden als der Regierten, beeinflußte den Werdegang der Geschichte. Wir standen nicht vor einer Zukunft, die wie eine kalte weiße Mauer von Granitblöcken der Auswirkung und Ausbreitung unserer Kräfte sich entgegenstellte, wobei das Hoffnungslose darin liegt, daß diese Kräfte infolge des künstlichen Lähmungsverfahrens an der Wurzel absterben. Denn jeder einzelne Mensch in dem nationslosen Lande ist vollständig in der Gewalt einer ganzen Nation, deren nie ermüdender Wachsamkeit – da es die Wachsamkeit einer Maschine ist – die Möglichkeit menschlicher Nachsicht und Unterscheidung fehlt. Bei dem geringsten Druck auf ihren Knopf wird das Ungeheuer ganz Auge, und kein einziger in der unendlichen Menge der von ihr Beherrschten kann ihrem scheußlich starrenden Aufpasserblick ausweichen. Und sobald nur ein klein wenig an der Schraube gedreht wird, fühlt die ganze große

Bevölkerung, Männer, Frauen, Kinder, wie ihr Griff sie fester umklammert und ihnen den Atem raubt, und kein Entweichen ist möglich, weder im eigenen Lande noch selbst in irgendein fremdes Land.

Dieser beständige ungeheure mechanische Druck des Leblosen auf das Lebendige ist es, worunter die heutige Welt stöhnt. Nicht nur die unterworfenen Rassen, sondern ihr selbst, die ihr glaubt frei zu sein, opfert täglich eure Freiheit und Menschheit dem Götzen Nationalismus und lebt in der dumpfen, vergifteten Atmosphäre von Mißtrauen, Gier und Angst, die sich über die ganze Welt erstreckt.

Ich habe in Japan gesehen, wie das ganze Volk sich freiwillig geistig zurechtstutzen und seine Freiheit beschneiden läßt von einer Regierung, die durch allerlei erziehliche Maßnahmen ihre Gedanken regelt, ihre Gefühle künstlich erzeugt, argwöhnisch aufpaßt, wenn sie Miene machen, sich geistigen Dingen zuzuwenden, und sie auf engem Pfade nicht zu ihrem wahren Ziele führt, sondern dahin, wo sie sie nach ihrem Rezept zu einer gleichförmigen Masse zusammenschweißen kann. Und das Volk fügt sich freudig und stolz in diese allgemeine geistige Sklaverei, weil es den krankhaften Wunsch hat, auch so eine Kraftmaschine, die man Nation nennt, zu werden und es andern Maschinen an Kollektiveigennutz gleichzutun.

Wenn man so einen neu bekehrten Fanatiker des Nationalismus nach der Weisheit seines Strebens fragt, so antwortet er: „Solange Nationen in dieser Welt so um sich greifen, haben wir nicht mehr das Recht, unser höheres Menschentum frei zu entwickeln. Wir brauchen alle unsere Kräfte, um dem Übel zu widerstehen, und das tun wir am besten, wenn wir es uns selbst im höchsten Grade zu eigen machen. Denn die einzige Verbrüderung, die in der modernen Welt möglich ist, ist die Spießgesellenschaft des Banditentums." Die Stiftung des Bruderbundes zwischen Japan und Rußland, die jüngst mit so viel Jubel in Japan gefeiert wurde, hatte ihren Grund nicht in dem plötzlichen Wiederaufleben des christlichen oder buddhistischen Geistes, sondern sie gründete sich auf etwas, was nach den modernen Glaubenssätzen sicherer und zuverlässiger ist, auf gegenseitige Bedrohung.

Man muß zugeben, daß dies das wahre Bild der Welt der Nation ist, und die einzige Lehre, die die Völker der Erde daraus ziehen können, ist, daß sie alle physischen, geistigen und sittlichen Kräfte anstrengen sollten, einander in dem großen Ringkampf um die Macht zu Boden zu werfen. In den alten Zeiten richtete Sparta sein ganzes Augenmerk darauf, wie es mächtig werden könnte; es gelang ihm dadurch, daß es seine Menschheit verstümmelte, und es starb an der Amputation.

Aber es ist für uns kein Trost, zu wissen, daß das Verkümmern der menschlichen Natur, unter dem die heutige Zeit leidet, sich nicht auf die unterworfenen Völker beschränkt, daß das Übel bei den Völkern, die sich frei glauben, noch schlimmer ist, weil es nicht als solches erkannt und ihm freiwillig Raum gegeben wird. Wenn ihr eure höheren Lebensgüter um Gewinn und Macht verschachert, so ist es eure freie Wahl, und meinetwegen steht da und freut euch über euer wachsendes Gedeihen, während eure Seele Schiffbruch leidet. Aber werdet ihr nie Rechenschaft ablegen müssen dafür, daß ihr die selbstsüchtigen Triebe in ganzen Völkern auf den höchsten Grad entwickelt und organisiert und dies gut nennt? Ich frage euch, gibt es in der ganzen Menschheitsgeschichte, selbst in ihren dunkelsten Perioden, etwas so Ungeheuerliches wie diese Untat der Nation, die ihre Pranken tief in das nackte Fleisch der Welt schlägt, und deren einzige Sorge ist, daß sie nur keinen Augenblick den Griff lockert?

Ihr Völker des Westens, die ihr dieses Ungeheuer ausgebrütet habt, könnt ihr euch die trostlose Verzweiflung derer vorstellen, die diesem abstrakten Gespenst des organisierenden Menschen zum Opfer gefallen sind? Könnt ihr euch an die Stelle der Völker versetzen, die zum ewigen Verlust ihrer Menschheit verdammt scheinen, die nicht nur beständig in ihrer Menschheit gekränkt werden, sondern Loblieder anstimmen müssen auf die Güte eines mechanischen Apparats, der die Rolle ihrer Vorsehung spielt?

Habt ihr nicht gesehen, daß, seit es eine Nation gibt, die ganze Welt vor ihr wie vor einer Spukgestalt zittert? Wo es nur eine dunkle Ecke gibt, da hat man Angst vor ihrer heimlichen Bosheit, und wo sie ihre Augen nicht zu fürchten brauchen, da haben die Menschen beständig Angst vor ihrem Rücken. Jedes Geräusch eines Trittes, jeder Laut in der Nachbarschaft läßt alle vor Schrecken zusammenfahren. Und diese Angst ruft alles Böse in der Menschennatur wach. Sie bewirkt es, daß er sich seiner Unmenschlichkeit fast nicht mehr schämt. Auf kluge Lügen tut er sich etwas zugute. Feierliche Gelübde werden ihm gerade durch ihre Feierlichkeit zur lächerlichen Farce. Die Nation mit all ihrer Ausstaffierung von Macht und Erfolg, mit ihren Fahnen und frommen Hymnen, ihren gotteslästerlichen Gebeten in den Kirchen und den prahlerischen Donnerworten ihrer patriotischen Großsprecherei, kann doch die Tatsache nicht verbergen, daß die Nation selbst das größte Übel für die Nation ist, daß alle ihre Vorsichtsmaßregeln gegen sie gerichtet sind und daß die Geburt jeder neuen Nation in der Welt in ihr die Furcht vor einer neuen Gefahr erweckt. Ihr einziger Wunsch ist, sich die Schwäche der übrigen Welt zunutze zu machen, wie einige Insektenarten, die den Opfern, in deren wehrlosem Fleisch sie ihre Brut großziehen, nur gerade so viel Leben lassen, daß sie genießbar und nahrhaft sind. Daher ist sie immer bereit, ihre giftige Flüssigkeit in die Lebensorgane der andern Völker zu flößen, die nicht Nationen und daher wehrlos sind. Aus diesem Grunde hat die Nation von jeher ihre reichste Weide in Asien gehabt. Das große China, mit seinem Reichtum an alter Weisheit und sozialer Ethik, mit seiner Erziehung zu Fleiß und Selbstbeherrschung, ist wie ein Walfisch, der die Beutegier im Herzen der Nation erweckt. Schon sitzen in seinem bebenden Fleisch die Harpunen, die die nie ihr Ziel verfehlende Nation, die Tochter der modernen Wissenschaft und des Egoismus, nach ihm schleuderte. Sein kläglicher Versuch, seine alten Traditionen von Menschlichkeit und seine sozialen Ideale abzuschütteln und den letzten Rest seiner erschöpften Kräfte darauf zu verwenden, sich für die moderne Welt tüchtig zu machen, wird bei jedem Schritt von der Nation vereitelt. Diese zieht die Schlinge seiner finanziellen Verpflichtungen immer fester um seinen Leib und versucht, ihn aufs Trockene zu ziehen und in Stücke zu zerlegen, um dann hinzugehen und öffentlich Dankgottesdienst zu halten, weil Gott verhindert hat, daß neben dem einen großen Übel ein zweites aufkomme und es gefährde. Und für alles dies erhebt die Nation Anspruch auf den Dank der Geschichte und auf das Recht, die Welt in alle Ewigkeit auszubeuten, und läßt von einem Ende der Welt bis zum andern Loblieder auf sich singen als auf das Salz der Erde, die Zierde der Menschheit, den Segen Gottes, den er mit aller Gewalt den Nationslosen auf die nackten Schädel schleudert.

Ich weiß, welchen Rat ihr uns gebt. Ihr werdet sagen: Schließt euch selbst zu einer Nation zusammen und widersetzt euch den Übergriffen der „Nation". Aber ist das der rechte Rat? Der Rat, den der Mensch dem Menschen gibt? Warum sollte dies notwendig sein? Ich würde euch gern glauben, wenn ihr sagtet: „Werdet besser, gerechter, wahrer in eurem Verhältnis zu den Menschen, zügelt eure Gier, macht euer Leben gesund durch größere Einfachheit und zeigt mehr, daß ihr an das Göttliche im Menschen glaubt." Aber dürft ihr sagen, daß nicht die Seele, sondern die Maschine das Wertvollste für uns ist und daß das Heil des Menschen davon abhängt, daß er es in der Kunst, sich dem Rhythmus des toten Räderwerks anzupassen, zur Vollkommenheit bringt? Daß Maschine gegen Maschine, Nation gegen Nation kämpfen muß in einem endlosen Stiergefecht?

Ihr sagt, daß diese Maschinen ein Übereinkommen treffen werden zu gegenseitigem Schutz, das sich auf ihre Furcht voreinander gründet. Aber wo bleibt bei diesem Bündnis von Dampfkesseln die

Seele, die Seele, die ihr Gewissen und ihren Gott hat? Und was soll aus dem großen Teil der Welt werden, den anzugreifen keine Furcht euch zurückhalten kann? Die einzige Sicherheit, die jene nationslosen Länder jetzt haben gegen die Zügellosigkeit von Schmiede, Hammer und Schraubenzieher, ergibt sich aus der gegenseitigen Eifersucht der Mächte. Aber wenn sie aus zahlreichen Einzelmaschinen sich zu einer organisierten Herdeneinheit verbinden, um gemeinsam auf den Gebieten des Handels und der Politik ihre Gier noch besser stillen zu können, welche leiseste Hoffnung, sich zu retten, bleibt dann jenen andern, die gelebt und gelitten, geliebt und angebetet, in tiefem Sinnen und friedlicher Arbeit ihre Tage verbracht haben, und deren einziges Verbrechen es war, daß sie sich nicht organisierten?

„Aber“, sagt ihr, „das macht nichts, was nicht widerstandsfähig ist, muß zugrunde gehen, das ist Naturgesetz. Dann müssen sie eben sterben.“

„Nein,“ sage ich, „um eurer selbst willen sollen sie leben und werden sie leben.“ Es ist sehr kühn von mir, dies in unserer Zeit zu sagen, aber ich behaupte, daß die Welt des Menschen eine sittliche Welt ist, nicht weil wir übereingekommen sind, es blindlings zu glauben, sondern weil es wirklich so ist und weil es gefährlich für uns ist, diese Wahrheit nicht zu sehen. Und das sittliche Gesetz im Menschen kann nicht auf verschiedenen Gebieten verschiedene Geltung haben. Ihr könnt nicht daheim strenge Strafen auf seine Übertretung setzen und es draußen für euch so dehnen, daß es sich euren ungezügelten Begierden anpaßt.

Habt ihr diese Wahrheit nicht schon jetzt erkannt, wo dieser grausame Krieg seine Klauen in die Eingeweide Europas geschlagen hat? Wo seine angehäuften Schätze in Rauch aufgehen und seine Menschheit auf den Schlachtfeldern in Stücke zerrissen wird? Ihr fragt erstaunt: Was hat Europa getan, daß es dies verdient hätte? Die Antwort ist, daß der Westen systematisch seine sittliche Natur versteinert hat, um eine solide Grundlage zu haben, auf der diese abstrakten Ungetüme die größte Wirksamkeit entfalten können. Er hat die ganze Zeit den persönlichen Menschen darben lassen, damit der Berufsmensch gedeihe.

Der einfache und natürliche Mensch des mittelalterlichen Europas mit all seinen heftigen Leidenschaften und Begierden versuchte, eine Versöhnung zu finden in dem Kampf zwischen Fleisch und Geist. In der ganzen stürmischen Zeit seiner kraftvollen Jugend haben die weltlichen und geistlichen Mächte gleichzeitig auf den europäischen Menschen eingewirkt und ihn zu einer vollen sittlichen Persönlichkeit gebildet. Europa verdankt alle seine menschliche Größe jener Zeit der Zucht, der Zucht des noch unverkümmerten Menschen.

Dann kam das Zeitalter des Intellekts, der Wissenschaft. Wir wissen alle, daß der Intellekt etwas Unpersönliches ist. Unser Leben und unser Herz sind eins mit uns, aber unser Geist kann vom persönlichen Menschen losgelöst werden, und nur dann kann er frei schweifen in der Welt der Gedanken. Unser Intellekt ist wie ein Asket, der keine Kleider trägt, keine Nahrung zu sich nimmt, keinen Schlaf kennt, keine Wünsche hat, nicht Liebe noch Haß noch

Mitleid mit menschlichen Unzulänglichkeiten fühlt, der, unberührt durch alle Wechselfälle des Lebens, nur seinen Gedanken nachhängt. Er gräbt bis an die Wurzeln der Dinge, weil er kein persönliches Gefühl für die Dinge selbst hat. Der Grammatiker geht durch alle Poesie ungehindert zu den Wurzeln der Wörter, denn er sucht nicht lebendige Wirklichkeit, sondern Gesetz. Wenn er das Gesetz gefunden hat, kann er die Leute lehren die Worte zu meistern. Dies ist eine Kraft, eine Kraft, die ihren besondern Nutzen hat und einem besondern Bedürfnis des Menschen entspricht.

Die lebendige Wirklichkeit aber ist die Harmonie, die die einzelnen Teile eines Dinges zu einem Ganzen verbindet. Löst ihr dies Band, so fliegen alle Teile auseinander, bekämpfen einander und haben den Sinn ihres Daseins verloren. Die nach Macht begierig sind, suchen sich die sich bekämpfenden Urelemente zu unterwerfen und sie gewaltsam durch enge Kanäle so zu leiten, daß sie den besonderen Bedürfnissen der Menschheit dienstbar werden.

Es ist etwas Großes um diese Befriedigung der menschlichen Bedürfnisse. Sie gibt ihm Freiheit innerhalb der physischen Welt. Sie gibt ihm Herrschaft über Raum und Zeit. Er kann in kürzerer Zeit etwas ausrichten und mit mehr Vorteil einen größern Raum einnehmen. Daher kann er leicht die überholen, die in einer Welt von langsamerem Tempo und weniger ausgenutztem Raum leben.

Dies Anwachsen der Macht geschieht in immer schnellerem Tempo. Und weil sie etwas vom Menschen Losgelöstes ist, wird sie bald die ganze Menschheit überholen. Der sittliche Mensch bleibt hinter ihr zurück, weil er seinen Blick auf die Dinge selbst und nicht nur auf das unpersönliche und abstrakte Gesetz der Dinge richtet.

So ist der Mensch, wenn seine geistige und körperliche Kraft sich weit über seine sittliche Kraft hinaus entwickelt, wie eine Giraffenkarikatur, deren Kopf plötzlich meilenweit über ihren übrigen Körper hinaus emporgeschossen und kaum noch in Verbindung mit ihm ist. Dieser gierige Kopf mit seinem gewaltigen Gebiß hat alle Gipfel der Bäume abgefressen, aber die Nahrung gelangt zu spät in die Verdauungsorgane, so daß das Herz an Blutmangel leidet. Aber der Westen selbst scheint in glücklicher Unwissenheit über diese Disharmonie in seiner Natur zu leben. Die erstaunliche Größe seines materiellen Erfolgs nimmt seine ganze Aufmerksamkeit in Anspruch, und er wünscht sich Glück zu seinem Wachstum. Der Optimismus seiner Logik berechnet sein zunehmendes Gedeihen nach der Ausbreitung seines Eisenbahnnetzes und sieht noch unendliche Möglichkeiten. Er ist oberflächlich genug zu denken, daß alle Morgen dem Heute gleichen und ihm nur vierundzwanzig Stunden hinzufügen. Er fürchtet die Kluft nicht, die sich mit jedem Tag weiter öffnet zwischen seinen sich füllenden Vorratshäusern und der hungernden Menschheit. Seine Logik weiß nicht, daß tief unter den endlosen Schichten von Reichtum und Behagen Erdbeben sich vorbereiten, die das Gleichgewicht in der sittlichen Welt wiederherstellen sollen, und daß eines Tages der gähnende Abgrund geistiger Leere den ganzen aufgehäuften Reichtum dieser staubgeborenen Dinge verschlingen wird.

Der Mensch in seiner Ganzheit ist nicht mächtig, sondern vollkommen. Wenn ihr ihn daher zu einer bloßen Kraft machen wollt, so müßt ihr seine Seele soviel wie möglich beschneiden. Wenn wir ganze Menschen sind, so können wir nicht einander an die Kehle fahren; unsere sozialen Instinkte, die Traditionen unserer sittlichen Ideale hindern uns daran. Wenn man mich dazu bringen will, daß ich menschliche Wesen hinschlachte, so muß man die Ganzheit meines Menschentums durch etwas zerstören, das meinen Willen tötet, mein Denken lähmt, meine Bewegungen mechanisiert, und dann wird aus der Auflösung der vollen menschlichen Persönlichkeit jene Abstraktion hervorgehn, jene zerstörende Kraft, die nichts mehr mit wahrer Menschlichkeit zu tun hat, und die daher leicht brutal wird. Nehmt den Menschen heraus aus seiner natürlichen Umgebung, aus seinem reichen Gemeinschaftsleben mit seinen sozialen Pflichten und all seiner Fülle von Liebe und Schönheit, und nichts ist mehr da, was seine Ganzheit zusammenhält, ihr könnt ihn stückweise in das Räderwerk eurer großen Maschine einfügen, die dazu dient, in riesigem Maßstabe Reichtümer zu erzeugen. Macht einen Baum zu einem Holzblock, und er wird euch Feuer geben, aber nicht lebendige Blüten und Früchte.

Diese systematische Entmenschlichung ist auf dem Gebiete des Handels und der Politik vor sich gegangen. Und aus den langen Geburtswehen der mechanischen Energie ist dieses vollentwickelte Ungeheuer von erstaunlicher Kraft und überraschendem Appetit hervorgegangen, das der Westen auf den Namen Nation getauft hat. Wie ich schon sagte, ist sie, weil sie eine Abstraktion ist, mit der größten Leichtigkeit dem Vollmenschen als sittlichem Wesen weit vorausgeeilt. Und da sie das Gewissen eines seelenlosen Gespenstes und die fühllose Vollkommenheit eines Automaten hat, führt sie zu Katastrophen, die die vulkanischen Ausbrüche des jungen Mondes durch ihre zerstörende Wildheit beschämen. Die Folge ist, daß das Mißtrauen von Mensch zu Mensch beständig wie Nesseln diese Kultur an allen Gliedern reizt. Jedes Land wirft sein Spionagenetz in die trüben Wasser des andern und fischt nach dessen Geheimnissen, die in den schlammigen Tiefen der Diplomatie ausgebrütet werden. Und was ist ihr geheimes Wirken anders als das lichtscheue Gewerbe der Nation: Raub, Mord, Verrat und all die scheußlichen Verbrechen, die in den tiefsten Abgründen der Verderbtheit gezeugt werden? Da jede Nation ihre eigene Geschichte von Raub und Lüge und Treulosigkeit hat, so kann im Verkehr zwischen ihnen nur Mißtrauen und Eifersucht gedeihen, und internationale sittliche Scham wird in einem Grade blutarm, daß sie ganz jämmerlich anzusehen ist. Die Nation hat auf ihrem Dudelsack frommer Entrüstung so oft die Melodie gewechselt, je nachdem der Wechsel der Zeiten und der diplomatischen Bündnisse es forderten, daß man es als amüsante Varietévorstellung im politischen Tingeltangel genießen kann.

Ich komme eben von einer Reise nach Japan zurück, wo ich diese junge Nation ermahnte, an ihren höheren Idealen der Menschlichkeit festzuhalten und nie vom Westen die organisierte Selbstsucht des Nationalismus als Religion zu übernehmen, sich nie an der Schwäche seiner Nachbarn zu weiden, nie gewissenlos den Schwachen gegenüber zu handeln, an denen man ungestraft und mit billigem Ruhm Gemeinheiten begehen kann, während man seine rechte, von Menschlichkeit strahlende Wange zum Kuß der Bewunderung denen reicht, die die Macht dazu haben, ihr einen Streich zu versetzen. Einige Zeitungen lobten meine Rede wegen ihrer poetischen Eigenschaften, während sie mit bezeichnendem Seitenblick hinzufügten, daß es die Poesie eines unterworfenen Volkes sei. Ich fühlte, daß sie recht hatten. Japan hat in einer modernen Schule gelernt, wie man mächtig wird. Es hat seine Lehrzeit beendet und will nun die Früchte seiner Ausbildung genießen. Der Westen hatte mit der Stimme seiner donnernden Kanonen vor den Toren Japans gerufen: Es werde eine Nation! Und siehe da, es ward eine Nation. Und nun, da sie da ist, warum habt ihr nicht im innersten Herzen ein reines Gefühl der Freude und sagt, daß sie gut ist? Wie kommt es, daß ich in einer englischen Zeitung eine Äußerung der Bitterkeit las, als Japan sich seiner Überlegenheit in der Kultur rühmte – etwas, was die Engländer sowie die andern Nationen jahrhundertelang ohne zu erröten getan haben? Weil der Idealismus der Selbstsucht sich beständig mit einer Dosis von Eigenlob berauschen muß. Aber dieselben Laster, die ihnen bei sich selbst so natürlich und harmlos erscheinen, fallen ihnen unangenehm auf und empören sie, sobald sie sie an andern Nationen gewahren. Wenn ihr daher die japanische Nation, nach eurem eigenen Bilde geschaffen, auf dem Fahrwasser nationaler Prahlerei vom Stapel laufen seht, so schüttelt ihr den Kopf und sagt: „Es ist nicht gut." Ist Japan nicht auch eine Ursache, daß man hier bei euch die Losung ausgegeben hat, sich angesichts des neuen drohenden Übels mit noch größerer Schadenskraft zu rüsten? Japan versichert, daß es sein *bushido* hat, daß es Amerika gegenüber, dem es Dank schuldet, nie treulos handeln kann. Aber es wird euch schwer, ihm zu glauben, denn die Weisheit der Nation besteht nicht im Glauben an die Menschheit, sondern im absoluten Mißtrauen. Ihr sagt euch, daß ihr es nicht mit dem Japan des *bushido*, mit dem Japan der sittlichen Ideale zu tun habt, sondern mit der Abstraktion der Selbstsucht des Volkes, mit der Nation; und eine Nation kann nur der andern trauen, soweit ihre Interessen zusammengehen, oder wenigstens sich nicht entgegenstehen. Euer Instinkt sagt euch, daß das Eintreten eines neuen Volkes in die Arena der Nationalität das Übel vergrößert, das alledem widerspricht, was das Höchste im Menschen ist, und das durch seinen Erfolg beweist, daß Gewissenlosigkeit der Weg zum Gedeihen ist – und Gutsein gut für die Schwachen, und Gott der einzig bleibende Trost der Unterworfenen.

Ja, dies ist die Logik der Nation. Und sie wird nie auf die Stimme von Recht und Wahrheit hören. Sie wird diesen Reigen sittlicher Verderbtheit fortsetzen und Stahl an Stahl, Maschine an Maschine fügen und all die holden Blumen des frommen Glaubens und der lebendigen Ideale des Menschen niedertreten.

Aber wir lassen uns zu dem Glauben verleiten, daß in unserer Zeit mehr Menschlichkeit herrsche als jemals früher. Der Grund dieser Selbsttäuschung ist, daß unsere Lebensbedürfnisse reichlicher befriedigt und unsere physischen Leiden wirksamer gelindert werden als früher. Doch dies geschieht in der Hauptsache nicht durch sittliche Opferfreudigkeit, sondern durch intellektuelle Kraft.

An Umfang ist dieses Gute groß, aber es kommt nicht aus der Tiefe und geht nicht in die Tiefe. Kenntnisse und Leistungsfähigkeit sind mächtig gemessen an ihrer Wirkung nach außen, aber sie sind die Diener des Menschen, nicht der Mensch selbst. Ihr Dienst ist wie die Bedienung in einem Hotel, wo alles tadellos eingerichtet ist, aber der Wirt fehlt; es ist mehr bequem als gastlich.

Daher dürfen wir nicht vergessen, daß die systematischen Organisationen, die sich nach allen Seiten weithin ausbreiten, zwar unsere Macht stärken, aber nicht unsere Menschlichkeit. Mit der zunehmenden Macht der Nation wächst ihre Selbstanbetung und erhält das Übergewicht. Der einzelne läßt die Nation bereitwillig auf seinem Rücken reiten, und so geschieht das Naturwidrige, das so großes Unglück im Gefolge hat, daß der Mensch mit allen Opfern einen Gott verehrt, der sittlich viel tiefer steht als er selbst. Dies hätte nie geschehen können, wenn der Gott so wirklich wäre, wie der Mensch selbst.

Laßt mich hierzu eine treffende Erläuterung geben. In einigen Teilen Indiens wird es der Witwe als besonderer Akt der Frömmigkeit auferlegt, sich alle vierzehn Tage einen ganzen Tag lang des Essens und Trinkens gänzlich zu enthalten. Dies führt oft zu sinnloser und unmenschlicher Grausamkeit. Und doch sind die Menschen von Natur nicht in dem Maße grausam. Aber da diese Frömmigkeit nichts als ein toter Begriff ist, so tötet sie das sittliche Gefühl des Menschen vollständig, ebenso wie ein Mensch, der sonst kein Tier unnötig quälen würde, doch einer großen Menge unschuldiger Geschöpfe furchtbare Leiden verursacht, wenn er sein

Gefühl mit der Idee „Sport“ betäubt hat. Weil diese Ideen Erzeugnisse des Intellekts, logische Klassifikationen sind, können sie den persönlichen Menschen so leicht in ihren Nebel einhüllen.

Und die Idee der Nation ist eins der wirksamsten Betäubungsmittel, die der Mensch erfunden hat. Unter dem Einfluß seiner Dünste kann ein ganzes Volk sein systematisches Programm krassester Selbstsucht ausführen, ohne sich im geringsten seiner sittlichen Verderbtheit bewußt zu werden – ja, es wird gefährlich gereizt, wenn man es darauf hinweist.

Aber kann dies in alle Ewigkeit so fortgehen, daß das sittliche Gefühl des Menschen immer mehr abstumpft? Wird es sich nicht irgendeinmal rächen? Wird diese riesige Organisationsmaschine in dieser Welt nicht eines Tages auf eine Schranke stoßen, die ihre rasende Fahrt aufhält und sie zertrümmert? Glaubt ihr denn wirklich, daß man das Böse auf die Dauer dadurch in Schach halten kann, daß man es zu überbieten sucht, und daß kluge Beratung den Teufel in dem Käfig der „gegenseitigen Vereinbarungen“ festhalten kann, in dem man ihn provisorisch untergebracht hat?

Dieser Krieg der europäischen Nationen ist ein Vergeltungskrieg. Der Mensch als solcher muß sich mit allen Kräften dagegen wehren, daß tote Dinge an Stelle des Herzens treten und Systeme und Staatskunst an Stelle lebendiger Beziehung von Mensch zu Mensch. Die Zeit ist gekommen, wo um der ganzen schmählich mißhandelten Menschheit willen Europa am eigenen Leibe die furchtbare Sinnwidrigkeit dessen, was man Nation nennt, in ihrem ganzen Umfange spüren muß.

Die Nation ist lange auf Kosten der verstümmelten Menschlichkeit gediehen. Die Menschen, die vollkommensten Geschöpfe Gottes, gingen aus dieser nationalen Fabrik zu großen Scharen als Krieg und Geld machende Drahtpuppen hervor, lächerlich eitel auf die erbärmliche Vollkommenheit ihres Mechanismus. Die menschliche Gesellschaft wurde immer mehr zu einem Marionettentheater von Politikern, Soldaten, Fabrikanten und Bureaukraten, die durch großartig funktionierende Drahteinrichtungen hin- und herbewegt werden.

Aber die ganze Brut der Selbstsucht: Haß und Gier, Furcht und Heuchelei, Argwohn und Tyrannei, ist auf die Dauer nicht lebensfähig. Diese Ungeheuer wachsen zu einer Riesengröße an, aber das Ebenmaß fehlt ihnen. Und der Leib dieser Nation, der nicht aus Fleisch und Blut, sondern aus Stahl und Dampf und Amtsgebäuden besteht, kann zu einer immer phantastischeren Ungeheuerlichkeit anschwellen, bis endlich die Mißgestalt ihren ganzen Umfang nicht mehr zusammenhalten kann – sie wird anfangen zu krachen und zu bersten, keuchend giftige Dämpfe und Feuer auszuspeien, und wir hören im Donner der Kanonen ihr Todesröcheln. In diesem Kriege hat der Todeskampf der Nation angefangen. Ihr ganzer Mechanismus ist plötzlich toll geworden und hat einen Furientanz begonnen, indem er seine eigenen Glieder zerschmettert und in den Staub wirft. Es ist der fünfte Akt der Tragödie des falschen Scheins.

Die irgendwelchen Glauben an die Menschheit haben, können nur sehnlichst hoffen, daß die Tyrannei der Nation nicht ihre frühere

Gestalt unversehrt zurückerhält: ihre Zähne und Klauen, ihre weitreichenden Eisenarme und ihre ungeheure innere Hohlheit, wo alles Magen ist und kein Herz; sie müssen hoffen, daß der Mensch aus dem Nebelmeer von Abstraktionen, das ihn einhüllte, zur Freiheit der Persönlichkeit neu geboren wird.

Dieser furchtbare Krieg hat den Schleier gehoben, und der Westen steht Antlitz in Antlitz seiner Schöpfung gegenüber, der er seine Seele geopfert hat. Jetzt muß er wissen, was das für eine Schöpfung ist.

Er hat nie geahnt, wie in seiner sittlichen Natur ein Prozeß von langsamem und unmerklichem Absterben und Verwesen vor sich ging, der sich bald in skeptizistischen Lehren kund gab, bald und noch öfter und anscheinend harmloser, aber darum gefährlicher, in der Ahnungslosigkeit von all der Verstümmelung und Schmach, die er einem großen Teil der Menschheit zugefügt hat. Jetzt muß er die Wahrheit durch eigene Erfahrung lernen.

Und dann werden unter seinen eigenen Kindern solche aufstehen, die sich aus der Knechtschaft der gegenwärtigen Illusion befreien, aus dieser Verderbtheit einer Verbrüderung, die auf Selbstsucht gegründet ist. Sie werden erkennen, daß sie Gottes Kinder sind und nicht Sklaven einer Maschinerie, die Seelen in Ware verwandelt und das Leben in Fächer einteilt, die mit ihren eisernen Klauen der Welt das Herz ausreißt und nicht weiß, was sie getan hat.

Und wir Nationslosen, deren Haupt bis in den Staub gebeugt ist, wir wollen uns sagen, daß dieser Staub heiliger ist als die Ziegelsteine, aus denen die Macht ihr stolzes Schloß aufrichtet.

Denn dieser Staub ist fruchtbar an Leben und Schönheit und Erhabenheit. Wir wollen Gott danken, daß es unser Los war, in Schweigen die Nacht der Trübsal und Verzweiflung hindurch zu wachen, den Hohn der Stolzen und die Last des Gewaltigen zu tragen, daß wir in all dem Leiden, obgleich unser Herz von Zweifeln und Furcht bebte, dem blinden Glauben an das Heil durch die Maschine widerstanden und festhielten an unserem Vertrauen auf Gott und die menschliche Seele. Und wir hegen doch noch die Hoffnung, daß, wenn die Macht beschämt von ihrem Thron herabsteigt und der Liebe Platz macht, wenn der Morgen kommt, wo die blutigen Spuren, die die Nation zurückließ, als sie durch die Menschheit hinschritt, hinweggewaschen werden, man uns ruft, auf daß wir unser heiliges Gefäß mit Weihwasser bringen, um die menschliche Geschichte wieder zu reinigen und den zertretenen Staub der Jahrhunderte wieder mit Fruchtbarkeit zu segnen.

Nationalismus in Japan

Die schlimmste Form der Knechtschaft ist es, wenn wir der Verzagtheit anheimfallen, denn sie raubt uns den Glauben an uns selbst und damit jede Hoffnung auf Befreiung. Man hat uns wiederholt und mit einem gewissen Recht gesagt, daß Asien in der Vergangenheit lebt – es ist wie ein reiches Mausoleum, das alle seine Pracht entfaltet, um die Toten unsterblich zu machen. Man hat von Asien gesagt, daß es niemals den Pfad des Fortschritts beschreiten könne, weil es nicht anders könne als den Blick nach rückwärts richten. Wir nahmen diesen Vorwurf hin und hielten ihn schließlich für berechtigt. Ich weiß, daß in Indien eine große Anzahl unserer Gebildeten die Demütigung, die in diesem Vorwurf liegt, nicht ertragen kann und nun ihre ganze Fähigkeit zum Selbstbetrug aufbietet, um ihn in ein Lob zu verwandeln und damit zu prahlen. Aber Prahlerei ist nur Schamgefühl unter falscher Maske, sie glaubt nicht wirklich an sich.

Als die Dinge so standen und wir Bewohner Asiens uns in den Glauben hinein hypnotisierten, daß es immer so bleiben müsse und auf keine Weise anders werden könne, erwachte plötzlich Japan aus seinem Schlummer, holte mit Riesenschritten die müßig verträumten Jahrhunderte nach und stand bald mit seinen Leistungen in der vordersten Reihe seiner modernen Zeitgenossen. Dies hat den Zauber gebrochen, in dem wir jahrhundertelang gebannt lagen, als wir glaubten, unser Los sei nun einmal das Los bestimmter Völker unter bestimmten Himmelsstrichen. Wir hatten vergessen, daß in Asien einst große Königreiche gegründet wurden, daß Philosophie, Wissenschaft, Kunst und Literatur bei uns blühten und alle großen Religionen hier ihre Wiege hatten. Man kann daher nicht sagen, daß in dem Boden und Klima Asiens irgend etwas ist, was geistige Untätigkeit erzeugt oder im Menschen den Trieb zum Fortschritt verkümmern läßt. Jahrhundertelang haben wir in Asien die Fackel der Kultur hochgehalten, als der Westen noch im Dunkel schlummerte und dies kann doch nicht das Zeichen von geistiger Schwerfälligkeit und engem Horizont sein.

Dann kam eine Zeit, wo das Dunkel der Nacht sich auf alle Länder des Ostens legte. Der Strom der Zeit schien plötzlich stillzustehen, und Asien hörte auf, neue Nahrung zu sich zu nehmen; es fing an, sich von seiner Vergangenheit, das heißt in Wahrheit, von sich selbst zu nähren. Es lag in Totenstille da, und die Stimme, die einst ewige Wahrheiten mit lautem Ruf verkündet und viele Menschenalter hindurch das Menschenleben rein gehalten hatte, wie der Ozean von Luft die Erde umspült und reinigt, – diese Stimme war verstummt.

Aber das Leben braucht auch seinen Schlaf, seine Perioden der Untätigkeit, wo seine Bewegungen aufhören, wo es keine neue Nahrung zu sich nimmt und von den Vorräten seiner Vergangenheit lebt. Dann wird es hilflos, seine Muskeln erschlaffen, und es ist leicht, es wegen seiner Stumpfheit zu verhöhnen. Im Rhythmus des Lebens sind diese Pausen nötig, damit das Leben sich erneuern kann. Ein tatenvolles Leben verausgabt sich beständig, verbrennt all sein Öl. Diese Verschwendung kann nicht unbegrenzt weitergehen, sondern immer muß ihr eine Zeit der Passivität folgen, wo keine Kräfte mehr verbraucht und keine Abenteuer mehr unternommen werden dürfen, wo Ruhe erste Pflicht ist, damit die Lebenskraft allmählich wieder wachsen kann.

Unser Geist neigt von Natur zur Sparsamkeit, er liebt es, Gewohnheiten anzunehmen und sich auf ausgefahrenen Gleisen zu bewegen, die ihm die Mühe sparen, bei jedem Schritt nachzudenken. Fertig übernommene Ideale machen den Geist träge. Er fürchtet, seinen Besitz zu verlieren, im Ringen nach neuem Erwerb. Er versucht, ihn sich zu sichern, indem er ihn in einer Festung von Gewohnheiten verschließt. Aber dies heißt in

Wahrheit, sich den vollen Genuß seines Besitzes unmöglich machen. Es ist Geiz. Die lebendigen Ideale dürfen nicht die Berührung mit dem wachsenden, wechselnden Leben verlieren. Nicht innerhalb sie sorglich hütender Schranken sind sie wahrhaft frei, sondern draußen auf der Landstraße des Lebens mit all ihren Abenteuern und Möglichkeiten neuer Erfahrungen.

Eines Morgens blickte die ganze Welt in Staunen auf: Japan hatte in der Nacht die Mauern seiner alten Gewohnheiten durchbrochen und trat triumphierend daraus hervor. Es war in einer so unglaublich kurzen Zeit geschehen, wie das Wechseln eines Gewandes, nicht wie das langsame Errichten eines neuen Baues. Das neue Japan zeigte zugleich das zuversichtliche Kraftbewußtsein des reifen Alters und die Frische und unendliche Möglichkeitsfülle neu erwachten Lebens. Man fürchtete damals, daß es sich nur um eine plötzliche Laune der Geschichte handelte, um ein kindisches Spiel der Zeit, eine Seifenblase, zwar vollkommen in ihrer Rundung und Farbenschönheit, doch innen hohl und ohne Gehalt. Aber Japan hat endgültig gezeigt, daß die plötzliche Offenbarung seiner Macht nicht ein kurzlebiges Wunder war, eine zufällige und vorübergehende Erscheinung im Zeitenstrom, aus der dunklen Tiefe heraufgeschleudert, um im nächsten Augenblick mit den Fluten hinweggerissen zu werden ins Meer der Vergessenheit.

Denn Japan ist alt und modern zugleich. Es hat sein Erbe alter östlicher Kultur, jener Kultur, die dem Menschen zur Pflicht macht, wahren Reichtum und wahre Kraft in sich selbst, in seiner Seele zu suchen, jener Kultur, die ihm inneren Halt gibt gegenüber Verlust und Gefahr, die ihn opferwillig macht, ohne daß er an das denkt, was es ihn kostet, oder auf Lohn hofft, die ihn lehrt, dem Tod zu trotzen und sich den unzähligen Verpflichtungen zu unterwerfen, die er als Glied der Gesellschaft seinen Mitmenschen gegenüber hat. Es besitzt das Erbe jener Kultur, die uns in allen endlichen Dingen die Vision des Unendlichen gegeben hat, durch die wir erkannt haben, daß das Weltall von Leben und Seele durchtränkt ist, daß es nicht eine ungeheure Maschine ist, die einst vom Teufel Zufall zum Vorschein gebracht oder von einem teleologischen Gott geschaffen wurde, der in einem fernen Himmel lebt. Mit einem Wort, das moderne Japan ist aus dem uralten Osten entsprossen wie die Lotusblume, die sich leicht und anmutig in der Luft wiegt und doch fest und tief in dem Boden wurzelt, dem sie entsprungen.

Und Japan, dies Kind des alten Ostens, hat doch keck nach allen Gaben des modernen Zeitalters gegriffen. Es hat seinen kühnen Geist gezeigt, indem es die Schranken der Gewohnheit durchbrach, welche Trägheit nach und nach aufgerichtet hatte; seine eigene Tüchtigkeit und Wachsamkeit sollten hinfort seine Sicherheit und sein Schutz sein. So ist es in Berührung gekommen mit dem Leben der Zeit und hat mit bewundernswertem Eifer und erstaunlicher Begabung die Verpflichtungen der modernen Zivilisation auf sich genommen.

Dies ist es, was dem übrigen Osten Mut gemacht hat. Wir haben erkannt, daß Leben und Kraft in uns ist, es gilt nur, die trockene Rinde abzuwerfen und nackt hineinzutauchen in den verjüngenden Strom der Zeit. Wir haben erkannt, daß seine Zuflucht zu toten

Dingen nehmen Tod bedeutet, und daß nur der lebt, der das ganze volle Wagnis des Lebens auf sich nimmt.

Ich meinesteils kann nicht glauben, daß Japan das geworden ist, was es ist, dadurch, daß es dem Westen nachahmte. Wir können Leben nicht nachahmen, Kraft nicht lange heucheln, ja, bloßes Nachahmen tötet die Kraft, die da ist. Denn es fesselt unsere wahre Natur und hemmt uns überall. Es ist, als ob wir über unsere Knochen die Haut eines andern Menschen zögen und so zwischen beiden einen ewigen Kampf schüfen.

Die Wahrheit ist, daß die Wissenschaft nicht zur Natur des Menschen gehört; sie ist nur etwas Erlerntes und durch Schulung Erworbenes. Wenn ihr die Gesetze der äußeren Natur kennt, so ändert das noch nichts an eurer menschlichen Natur. Wissen könnt ihr von andern borgen, aber nicht Gaben des Gemüts.

Aber in der ersten Zeit unserer Ausbildung, wo wir noch nichts weiter tun als nachmachen, können wir noch nicht zwischen Wesentlichem und Unwesentlichem, zwischen Übertragbarem und Nichtübertragbarem unterscheiden. Es ist wie mit dem Glauben des primitiven Geistes an die Zauberkraft zufälliger äußerer Formen, in denen sich ihm eine Wahrheit kundgibt. Wir fürchten, etwas Wertvolles und Wirksames zurückzulassen, wenn wir nicht die Schale mit dem Kern verschlucken. Aber während unsere Gier immer das Ganze sich aneignen will, verleiben unsere Leben schaffenden Organe die nährenden Stoffe dem Körper ein, und dies ist die rechte Art, wie ein lebendiger Organismus von den Dingen Besitz nimmt. Wo Leben ist, da behauptet es sich sicher dadurch, daß es das auswählt, was es zu seiner Erhaltung braucht, und das Schädliche zurückweist. Der lebendige Organismus wächst nicht in seine Nahrung hinein, sondern seine Nahrung wächst in ihn hinein. Und nur so kann er stark werden, nicht indem er sie nur in sich anhäuft oder indem er sich selbst aufgibt.

Japan hat seine Nahrung vom Westen eingeführt, aber nicht seine Lebensorgane. Japan kann nicht ganz in der wissenschaftlichen Ausstaffierung, die es vom Westen bekommen hat, untertauchen und zu einer bloßen übernommenen Maschine werden. Es hat seine eigene Seele, die sich vor allen andern Bedürfnissen geltend machen muß. Daß sie dies kann und daß Japan es versteht, die neuen Errungenschaften sich in rechter Weise zu eigen zu machen, das beweisen reichlich die Zeichen kräftiger Gesundheit, die wir an ihm wahrnehmen. Und ich hoffe aufrichtig, daß Japan über dem Stolz auf seine modernen Errungenschaften nie den Glauben an seine Seele verlieren wird, denn schon jener Stolz ist eine Demütigung und führt am Ende zu Armut und Schwäche. Es ist der Stolz des Gecken, der größeren Wert auf seine Kopfbedeckung legt als auf den Kopf selbst.

Die ganze Welt wartet, um zu sehen, was dieses große Volk des Ostens nun anfangen wird mit den Möglichkeiten und Verpflichtungen, die es aus den Händen der modernen Zeit empfangen hat. Ist es nur eine Nachbildung des Westens, so werden die großen Erwartungen, die es erweckt hat, unerfüllt bleiben. Denn es sind ernste Fragen, die die westliche Zivilisation aufgeworfen und noch nicht ganz gelöst hat. Der Konflikt zwischen Staat und

Individuum, Arbeit und Kapital, Mann und Frau; der Konflikt zwischen materieller Gewinnsucht und Bedürfnis nach geistigem Leben, zwischen der organisierten Selbstsucht der Völker und den höheren Idealen der Menschlichkeit, und all die schlimmen Konflikte, die sich ergeben aus dem Gegensatz zwischen den riesigen Organisationen des Handels und des Staates und den natürlichen Instinkten des Menschen, die nach Einfachheit, Schönheit und Muße rufen – dies alles soll in Harmonie gebracht werden auf einem Wege, den noch niemand ahnt.

Wir haben gesehen, wie dieser große Strom der Zivilisation sich staute und gehemmt wurde durch die Trümmer, die seine unzähligen Kanäle ihm zutrugen. Wir haben gesehen, daß bei all ihrer vielgepriesenen Menschenliebe die Zivilisation sich selbst als die größte Bedrohung für den Menschen erwies, eine weit schlimmere als die plötzlichen Überfälle nomadischer Barbaren, durch die die Menschen in früheren Zeitaltern litten. Wir haben gesehen, daß sie, trotzdem sie mit ihrer Freiheitsliebe prahlte, schlimmere Formen der Sklaverei schuf, als je in einer menschlichen Gesellschaft üblich waren – eine Sklaverei, deren Ketten unzerbrechlich sind, entweder weil sie unsichtbar sind oder weil sie Namen und äußeren Schein der Freiheit haben. Wir haben gesehen, wie der Mensch im Bann ihrer ungeheuren Gemeinheit den Glauben verliert an all die hohen Ideale des Lebens, die ihn groß gemacht haben.

Daher könnt ihr Japaner nicht leichten Herzens die moderne Zivilisation annehmen mit all ihren Tendenzen, Methoden und

Einrichtungen, in der Meinung, daß das alles dazu gehört. Ihr müßt euren östlichen Sinn, eure geistige Kraft, eure Liebe zur Einfachheit, eure Gefühle für soziale Verpflichtungen einsetzen, um einen neuen Weg zu bahnen für diesen großen, ungelenken, mißtönig rollenden Triumphwagen des Fortschritts. Ihr müßt die ungeheuren Opfer an Menschenleben und Freiheit, die er bei jedem Schritt auf seinem Wege fordert, auf das kleinste Maß bringen. Viele Menschenalter hindurch habt ihr auf eure eigene Art gefühlt, gedacht und gearbeitet, euch gefreut und eure Götter verehrt. Diese eure Art könnt ihr nicht wie ein altes Gewand ablegen. Denn sie ist in eurem Blut, in dem Mark eurer Knochen, in dem Gewebe eures Fleisches, in den Windungen eures Gehirns, und sie muß allem, was ihr berührt, ihren Stempel geben, ohne euer Wissen, selbst gegen euren Willen. Einst fandet ihr doch eine Lösung für die menschlichen Probleme, die euch befriedigte, und ihr hattet eure eigene Lebensphilosophie und eure eigene Lebenskunst. Dies alles müßt ihr jetzt auf die gegenwärtige Lage anwenden, und daraus wird eine neue Schöpfung entstehen, keine bloße Wiederholung – eine Schöpfung, welche ganz der Seele eures Volkes gehört und welche sie stolz der Welt darbietet als ihren Beitrag zum Wohl der Menschheit. Von allen Ländern in Asien habt ihr in Japan die Freiheit, das, was ihr vom Westen bekommen habt, nach eurem Sinn und eurem Bedürfnis zu nutzen. Ihr habt das Glück, nicht eingeengt zu sein von außen; daher ist eure Verantwortlichkeit um so größer, denn ihr antwortet im Namen ganz Asiens auf die Fragen, die Europa der Menschheit vorgelegt hat. In eurem Lande werden die Versuche fortgeführt, wodurch der Osten das Bild der modernen

Zivilisation ändern wird, indem er da Leben einhaucht, wo sie Maschine ist, an Stelle kalter Berechnung menschliches Gefühl setzt, nicht so sehr nach Macht und Erfolg fragt, als nach harmonischem und lebendigem Wachstum, nach Wahrheit und Schönheit.

Ich muß euch an jene Zeiten erinnern, als der ganze Osten Asiens von Birma bis Japan mit Indien verbunden war durch das Band engster Freundschaft, das einzig natürliche Band, das zwischen Völkern bestehen kann. Damals bestand eine unmittelbare Verbindung von Herz zu Herz; wir bildeten alle zusammen ein lebendiges Nervensystem, wir spürten gleichzeitig die tiefsten Bedürfnisse der Menschheit. Wir lebten nicht in Furcht voreinander, wir brauchten uns nicht zu bewaffnen, um einander in Schach zu halten. Nicht Eigennutz und Habgier trieb uns zueinander, Ideen und Ideale wurden ausgetauscht, Gaben der höchsten Liebe dargeboten und empfangen. Verschiedenheit der Sprachen und Sitten hinderten nicht die innigste Seelengemeinschaft; kein Rassenstolz, keine freche Überhebung im Bewußtsein körperlicher oder geistiger Überlegenheit störte unsere Beziehung; neue Blätter und Blüten entsprossen dem Boden unserer Kunst und Literatur unter dem Sonnenlicht der Menschenliebe, und Völker von verschiedenen Ländern, Sprachen und Vergangenheiten bekannten sich zu dem, was die höchste Einheit der Menschen bildet und das stärkste Liebesband. Wollen wir nicht auch daran denken, daß damals, in jenem goldenen Zeitalter, als die Menschen gemeinsam nach den höchsten Lebenszielen strebten, eure Natur den Balsam der Unsterblichkeit für sich aufspeicherte, der eurem

Volk zur Wiedergeburt in einem neuen Zeitalter verholfen hat und ihm die Kraft gegeben, seinen alten verbrauchten Leib abzutun und einen neuen Leib anzulegen und unversehrt hervorzugehen aus der Erschütterung der wunderbarsten Umwälzung, die die Welt je gesehen hat?

Die politische Kultur, die auf dem Boden Europas gewachsen ist und sich wie üppig wucherndes Unkraut über die ganze Erde ausgebreitet hat, gründet sich auf Ausschließlichkeit. Sie ist immer darauf bedacht, Fremde in Schach zu halten oder zu vernichten. Sie ist kannibalisch in ihren Neigungen, nährt sich von dem, was andere Völker notwendig zu ihrem Leben brauchen, und versucht, deren ganze Zukunft zu verschlingen. Sie fürchtet immer, daß andere Rassen auch zu Bedeutung gelangen, und erklärt es als eine Gefahr, und sie versucht, alle Keime von Größe außerhalb ihrer Grenzen zu ersticken, indem sie die Rassen, die schwächer sind als sie, zu Boden wirft, damit sie auf ewig in ihrer Schwäche verharren. Bevor diese politische Kultur zur Herrschaft kam und ihren hungrigen Rachen weit genug öffnete, um ganze Erdteile zu verschlingen, hatten wir wohl Kriege, Plünderungen, gewaltsame Thronwechsel, die Elend im Gefolge hatten, aber nie sahen wir solche furchtbare und hoffnungslose Raubgier, solch ein gegenseitiges Sichauffressen von Nationen, solche riesigen Maschinen zum Zerhacken ganzer Erdteile, nie sahen wir solche entsetzlichen Ausgeburten von Eifersucht, die immer ihre scheußlichen Zähne und Klauen bereit haben, sich gegenseitig die Eingeweide zu zerfleischen. Diese politische Kultur ist wissenschaftlich, nicht menschlich. Sie ist mächtig, weil sie alle ihre Kräfte auf *ein* Ziel richtet, wie der

Millionär, der Geld erwirbt auf Kosten seiner Seele. Sie verrät das Vertrauen, schamlos spinnt sie Lügennetze, stellt riesige Götzenbilder der Gier in ihren Tempeln auf und ist sehr stolz auf die kostspieligen Zeremonien ihres Gottesdienstes, den sie Patriotismus nennt. Und man kann mit Gewißheit prophezeien, daß solch Treiben ein Ende finden muß, denn es gibt in dieser Welt ein sittliches Gesetz, dem nicht nur der einzelne, sondern auch die organisierten Gemeinschaften unterworfen sind. Ihr könnt nicht diese Gesetze im Namen eurer Nation beständig verletzen und als Individuen ihren Segen genießen. Dies öffentliche Untergraben der menschlichen Ideale wirkt auf jedes Mitglied der Gesellschaft, es macht allmählich und unmerklich die Menschen schwach und erzeugt jenes zynische Mißtrauen gegen alles, was in der menschlichen Natur heilig und ehrwürdig ist, das sichere Anzeichen von Greisenhaftigkeit. Ihr müßt bedenken, daß diese politische Kultur, diese Religion des nationalen Patriotismus, noch nicht lange auf die Probe gestellt ist. Die Fackel des alten Griechenlands ist in dem Lande, wo sie zuerst entzündet wurde, erloschen. Roms Macht liegt tot und begraben unter den Trümmern seines großen Reiches. Aber die Kultur, die sich auf die natürliche Gesellschaft und auf die geistigen Ideale der Menschen gründet, lebt noch in China und Indien. Wenn sie, an dem Maßstab der mechanischen Kraft unserer heutigen Zeit gemessen, auch schwach und klein aussieht, so gleicht sie doch den kleinen Samenkörnern, die Leben enthalten; sie wird emporsprießen und wachsen, ihre wohltätigen Zweige ausbreiten und Blüten und Früchte hervorbringen, wenn ihre Zeit kommt und der befruchtende Segen des Himmels auf sie herabströmt. Aber die

Trümmer von Wolkenkratzern und zerbrochenen Maschinen, die traurigen Reste von Macht und Gier, kann selbst Gottes Segen nicht wieder aufrichten, denn sie waren nicht Kinder des Lebens, sondern Feinde allen Lebens – sie sind Spuren des Aufruhrs, der im Kampf gegen das Ewige zerschellte.

Aber man macht uns den Vorwurf, daß unsere Ideale unbeweglich sind, daß sie nicht die Triebkraft haben, uns zu neuen Ausblicken zu führen und neue Gebiete von Wissen und Macht zu erschließen, daß die philosophischen Systeme, die Hauptstützen der morschen östlichen Kultur, alle äußeren Beweise verschmähen und in ihrer subjektiven Gewißheit sich töricht zufriedengeben. Dies beweist nur, daß wir, wenn unser Wissen unklar ist, geneigt sind, dem Gegenstand unseres Wissens Unklarheit vorzuwerfen. Für einen europäischen Beobachter ist unsere Kultur nichts als Metaphysik, wie für einen Tauben das Klavierspiel nur Fingerbewegung, aber nicht Musik ist. Er kann es nicht glauben, daß diese Kultur eine tiefe, lebendige Wirklichkeit als Grundlage hat, auf der sich unser Leben aufbaut.

Unglücklicherweise ist der Beweis für die Wirklichkeit eines Dinges nur seine sichtbare Vergegenwärtigung. An die Wirklichkeit eurer Umgebung glaubt ihr, weil ihr sie seht, aber es ist schwer, einem Ungläubigen zu beweisen, daß unsere Kultur nicht ein nebelhaftes System von abstrakten Spekulationen ist, daß sie uns etwas gegeben hat, was positive Wahrheit ist – eine Wahrheit, die dem Menschenherzen Schutz und Nahrung gibt. Sie hat einen innern Sinn in uns entwickelt, die Gabe, in allen endlichen Dingen das Unendliche zu schauen.

„Aber“, sagt der Europäer weiter, „ihr macht gar keine Fortschritte, in euch ist keine Bewegung.“ Ich frage ihn: Woher wißt ihr das? Fortschritte wollen nach ihrem Ziel beurteilt werden. Der Eisenbahnzug macht seine Fortschritte auf die Endstation zu – das ist Bewegung. Aber ein ausgewachsener Baum hat keine Bewegung dieser Art, sein Fortschritt ist der Fortschritt des Lebens in ihm. Er lebt, und sein Streben zum Licht tönt in seinen Blättern und rinnt in seinem Saft.

Auch wir haben jahrhundertelang gelebt, leben noch und streben nach einer Wirklichkeit, deren Erfüllung kein Ende hat – nach einer Wirklichkeit, die über den Tod hinausgeht und ihm erst einen Sinn gibt, die sich über alles Elend und alle Trübsal dieser Welt erhebt und in freudiger Entsagung Frieden und Reinheit bringt. Die Frucht dieses inneren Lebens ist lebendige Frucht. Nach ihr verlangt der Jüngling, wenn er müde und staubbedeckt heimkehrt, der Soldat, wenn er verwundet ist; nach ihr verlangt man, wenn der Reichtum verpraßt und der Stolz gedemütigt ist, wenn das Menschenherz in dem verwirrenden Durcheinander der Tatsachen nach Wahrheit und im Widerstreit seiner Neigungen nach Harmonie ruft. Ihr Wert liegt nicht in ihrer äußeren Fülle, sondern in ihrer Vollkommenheit.

Es gibt Dinge, die nicht warten können. Wollt ihr kämpfen oder den besten Platz auf dem Markt haben, so müßt ihr euch in Marsch setzen und laufen und stürzen. Ihr spannt eure Nerven aufs äußerste an und seid immer auf dem Posten, wenn ihr Gelegenheiten ergreifen wollt, die sich nur im Fluge erhaschen lassen. Aber es gibt Ideale, die nicht ein Versteckspiel treiben mit unserm Leben; sie wachsen langsam vom Samenkorn zur Blüte und von der Blüte zur Frucht; sie brauchen unendlich viel Raum und Himmelslicht, um zu reifen, und die Früchte, die sie tragen, können jahrelang verschmäht und vergessen liegen, ohne daß sie faulen. Der Osten mit seinen Idealen, der in seinem Busen das Licht der Sonne und das Schweigen der Sterne von Jahrhunderten bewahrt, kann geduldig warten, bis dem Westen, der dem Nutzen nacheilt, der Atem ausgeht und er stillsteht. Europa wirft, während es eiligst zu seinen Geschäften fährt, einen verächtlichen Blick aus dem Wagenfenster des Zuges auf den Schnitter, der auf dem Felde sein Getreide mäht, und in der rasenden Geschwindigkeit der Fahrt muß es ihm vorkommen, als ob der da draußen sehr langsam wäre und immer weiter zurückginge. Aber die Geschwindigkeit nimmt einmal ein Ende, die Geschäfte verlieren ihren Sinn, und das hungernde Herz Europas jammert nach Nahrung, bis es endlich zu dem bescheidenen Schnitter kommt, der im Sonnenschein seine Ernte einbringt. Denn wenn auch das Geschäft und das Kaufen und Verkaufen oder die Vergnügungssucht nicht warten können, die Liebe wartet und mit ihr die Schönheit und die Weisheit im Leiden und all die Früchte frommer Demut und gläubiger Hingebung. Und so wird der Osten warten, bis seine Zeit kommt.

Ich will jedoch nicht zögern, das Große in Europa anzuerkennen, denn Großes hat es ohne Zweifel. Wir können nicht anders als es von Herzen lieben und bewundern – dies Europa, von dem sich in Kunst und Literatur ein unerschöpflicher Strom von Schönheit und

Wahrheit ergießt, alle Länder und Zeiten befruchtend; dies Europa, das mit titanischem Geiste in nie ermüdender Kraft die Höhen und Tiefen des Weltalls durchmißt, das unendlich Große und unendlich Kleine mit seinem Wissen umfaßt und alle Kräfte von Herz und Verstand dazu verwendet, die Kranken zu heilen und all das Elend zu mildern, das wir bis jetzt in hoffnungsloser Resignation hinnahmen, dies Europa, das die Erde dahin bringt, uns mehr Frucht zu spenden, als möglich schien, indem es mit Güte und Gewalt alle großen Kräfte der Natur in den Dienst des Menschen zwingt. Wahre Größe wie diese kann nur auf Geistesstärke beruhen. Denn nur der Geist des Menschen kann seines endlichen Erfolges gewiß, allen Schranken trotzen, seinen Scheinwerfer hinter das unmittelbar vor Augen Liegende richten, freudig zum Märtyrer werden für ferne Ziele, die er selbst nie erreichen kann und von denen er durch keinen Fehlschlag sich abbringen läßt. Im Herzen Europas fließt der reinste Strom von Menschenliebe, Gerechtigkeitsliebe und Opferwillen für höhere Ideale. Jahrhundertelange christliche Kultur hat es tief bis ins Lebensmark durchdrungen. Wir haben gesehen, wie zu allen Zeiten in Europa edle Geister für die Rechte des Menschen ohne Rücksicht auf Farbe und Bekenntnis eintraten, wie sie, Verleumdungen und Schmähungen von Seiten ihres eigenen Volkes trotzend, für die Sache der Menschheit kämpften und ihre Stimmen erhoben gegen die wilden Orgien des Militarismus, gegen die Raserei brutaler Rachgier und Raubsucht, die bisweilen ein ganzes Volk ergreift. Wir sehen, wie sie immer bereit sind, das Unrecht wieder gutzumachen, das ihre eigenen Nationen früher andern zugefügt, und wie sie vergebens versuchten, die Flut feigherziger Ungerechtigkeit aufzuhalten, die ungehindert weiter strömt, weil der Widerstand von Seiten der Geschädigten schwach und ohne Wirkung ist. Sie sind da, diese fahrenden Ritter des modernen Europas, die den Glauben nicht verloren haben an selbstlose Liebe zur Freiheit, an die Ideale, die keine nationale Selbstsucht und keine geographischen Schranken kennen. Sie sind da, und beweisen uns, daß die Quellen ewigen Lebens in Europa nicht vertrocknet sind, und von dorther wird immer wieder seine Wiedergeburt kommen. Da jedoch, wo Europa zu bewußt am Werk ist, das Gebäude seiner Macht aufzurichten und seine bessere Natur verleugnet und verspottet, da häuft es seine Missetaten zum Himmel auf und fordert Gottes Rache heraus, indem es die giftige Saat physischer und moralischer Häßlichkeit über die ganze Erde sät und durch sein herzloses Treiben des Menschen Gefühl für das Schöne und Gute freventlich verletzt. Europa ist äußerst gut in seinem Wohltun, solange es seinen Blick auf die ganze Menschheit richtet, und es ist äußerst böse in seinem Übeltun, sobald es seinen Blick nur auf sein eigenes Interesse richtet und alle Kraft zur Größe nur auf Zwecke verwendet, die dem Unsterblichen und Ewigen im Menschen entgegen sind.

Ostasien hat seinen alten Pfad verfolgt und eine Kultur entwickelt, die nicht politisch, sondern sozial ist, nicht räuberisch und mechanisch wirksam, sondern geistig und auf all die mannigfachen tieferen menschlichen Beziehungen gegründet. Es hat in stiller Zurückgezogenheit für die Lebensprobleme der Völker Lösungen ersonnen und hat sie im Schutz seiner Abgeschlossenheit, kaum berührt von dynastischen Wechseln und Einfällen fremder Völker, ausgeführt. Aber jetzt, da die Welt von außen über uns hereingebrochen ist, ist unsere Abgeschlossenheit für immer dahin. Und doch dürfen wir dies nicht beklagen, wie eine Pflanze es nicht beklagen darf, wenn sie aus dunkler Erde zum Licht emporgezogen wird. Jetzt ist die Zeit gekommen, wo wir die Aufgabe der ganzen Welt zu unserer Aufgabe machen müssen; wir müssen den Geist unserer Kultur mit der Geschichte aller Nationen der Erde in Einklang zu bringen suchen, wir dürfen uns nicht in törichtem Stolz in der Samenhülle und in der Erdrinde, die unsere Ideale schützen und nährten, festhalten, denn beide, Hülle und Rinde, müssen durchbrochen werden, wenn das Leben in all seiner Kraft und Schönheit emporschießen soll, um der Welt im Licht des Tages seine Gaben zu bieten.

Diese Aufgabe, die Schranke zu durchbrechen und in die Welt hinauszutreten, hat von den Völkern des Ostens Japan zuerst auf sich genommen. Es hat das Herz ganz Asiens mit Hoffnung belebt. Diese Hoffnung gibt uns die heimliche Flamme, die jedes Schöpfungswerk braucht. Asien fühlt jetzt, daß es sein Leben beweisen muß, dadurch, daß es lebendige Werke schafft; daß es nicht müßig schlafend daliegen oder, durch Furcht oder Schmeichelei betört, in schwächlicher Nachahmung dem Westen huldigen darf. Dafür sagen wir dem Land der aufgehenden Sonne Dank und bitten es feierlich, immer dessen eingedenk zu sein, daß es die Mission des Ostens zu erfüllen hat. Es muß dem Herzen der modernen Kultur den Lebenssaft tieferer Menschlichkeit einflößen. Es darf sie nicht vom Unterholz ersticken lassen, sondern muß sie hinaufführen zu Licht und Freiheit, zu reiner Luft und weitem

Raum, wo sie im Licht des Tages und im Dunkel der Nacht die Stimme des Himmels vernehmen kann. Auf daß die Erhabenheit seiner Ideale allen Menschen sichtbar werde wie sein schneegekrönter Futschijama, der aus dem Herzen seines Landes aufsteigt in die Region des Unendlichen und sich stolz von seiner Umgebung abhebt, schön wie ein Mädchen in dem wundervollen Schwung seiner Linien, und doch fest und stark und von ruhiger Majestät.

II.

Ich bin in vielen Ländern gereist und Menschen von allen Klassen begegnet, aber nirgends auf meinen Reisen fühlte ich die Gegenwart des Menschlichen so stark wie in diesem Lande. In andern großen Ländern waren die Zeichen der Macht des Menschen weithin sichtbar, und ich sah ungeheure Organisationen, die sich nach allen Seiten wirksam zeigten. Die Pracht und Üppigkeit, die dort herrscht in Kleidung, Einrichtung und kostspieliger Unterhaltung, ist erschreckend. Man fühlt sich bei ihnen in die Ecke gedrückt wie ein ungebetener Gast beim Festmahl; halb ist man von Neid erfüllt, halb atemlos vor Staunen. Bei ihnen hat man nicht das Gefühl, daß der Mensch das Höchste ist, sondern man wird immer gegen einen Haufen erstaunlicher Dinge geschleudert, die uns von den Menschen trennen. Aber in Japan ist nicht die Entfaltung von Macht und Reichtum das herrschende Lebenselement. Man sieht überall Zeichen von Liebe und Bewunderung und nicht überwiegend von Ehrgeiz und Habsucht. Man sieht ein Volk, dessen Herz sich erschlossen hat und sich verschwenderisch ausgibt in den einfachsten Geräten des täglichen Lebens, in seinen sozialen Einrichtungen, in seinen sorgsam gepflegten und zur Vollkommenheit ausgebildeten Lebensformen und in seiner Art mit den Dingen umzugehen, die nicht nur geschickt, sondern zugleich in jeder Bewegung anmutig ist.

Was in diesem Lande den größten Eindruck auf mich gemacht hat, ist die Erkenntnis, daß ihr die Geheimnisse der Natur nicht durch methodisches Zergliedern, sondern unmittelbar durch Anempfinden erfaßt habt. Ihr habt die Sprache ihrer Linien und die Musik ihrer Farben erkannt, das Ebenmaß in ihren Ungleichmäßigkeiten und den Rhythmus in der Freiheit ihrer Bewegungen; ihr habt gesehen, wie sie die ungeheuren Scharen ihrer Wesen führt und doch alle Reibungen vermeidet, wie selbst die Widerstreite in ihren Schöpfungen in Tanz und Musik sich lösen, wie ihr Überfluß die Fülle der selbstlosen Hingabe ist, nicht prahlerische Verschwendung. Ihr habt erkannt, daß die Natur ihre Kraft in Formen der Schönheit aufbewahrt, und diese Schönheit ist es, welche wie eine Mutter alle Riesenkräfte an ihrer Brust nährt, indem sie sie in tätiger Wirksamkeit, und doch in Ruhe hält. Ihr habt erkannt, daß die Lebenskräfte der Natur sich vor Erschöpfung bewahren durch den Rhythmus vollkommener Anmut, und daß sie durch die Zartheit ihrer geschwungenen Linien die Müdigkeit von den Muskeln der Welt nimmt. Ich habe gefühlt, daß ihr es vermocht habt, diesen Geheimnissen euer Leben anzugleichen, und daß ihr die Wahrheit, die in der Schönheit aller Dinge liegt, in eure Seele aufgenommen habt. Ein bloßes Wissen von Dingen kann man in kurzer Zeit erwerben, aber ihr Geist kann nur erworben werden durch jahrhundertelange Erziehung und Selbstbeherrschung. Die Natur von außen beherrschen ist viel einfacher als sie in Liebe sich zu eigen machen, denn dies kann nur ein wahrhaft schöpferischer Geist. Euer Volk hat diese schöpferische Kraft gezeigt; es erwarb nicht, sondern es schuf; es stellte nicht Dinge zur Schau, sondern offenbarte sein eigenes inneres Wesen. Dieser schöpferische Geist ist allen Völkern eigen; er bemächtigt sich der Menschennaturen und formt sie nach seinen Idealen. Aber hier in Japan scheint er seine Aufgabe vollendet zu haben, indem er in den Geist des ganzen Volkes einging und seine Muskeln und Nerven durchdrang. Eure Instinkte sind zuverlässig geworden, eure Sinne scharf, und eure Hände haben natürliche Geschicklichkeit erlangt. Der Schöpfergeist Europas hat seinen Völkern die Kraft zur Organisation gegeben, die sich besonders in der Politik, im Handel und in den wissenschaftlichen Betrieben gezeigt hat. Der Schöpfergeist Japans hat euch die Schönheit in der Natur gezeigt und euch die Kraft gegeben, sie im Leben zu verwirklichen.

In jeder besonderen Zivilisation drückt sich eine besondere menschliche Erfahrung aus. Europa scheint am tiefsten den Widerstreit der Dinge im Weltall empfunden zu haben, dessen man nur Herr wird, indem man sie erobert. Daher ist es immer zum Kampf gerüstet und richtet seine ganze Aufmerksamkeit darauf, Kräfte zu organisieren. Japan dagegen hat in seiner Welt die Berührung mit einem Wesen gespürt, vor dem seine Seele sich in Ehrfurcht beugt. Daher rühmt es sich nicht, die Natur zu beherrschen, sondern bringt ihr mit unendlichem und freudigem Bemühen die Opfer seiner Liebe dar. Seine Verwandtschaft mit der

Welt ist die tiefere Verwandtschaft der Seele. Dieses geistige Liebesband verknüpft es mit den Hügeln seines Landes, mit dem Meer und den Strömen, mit den Wäldern und ihrem ganzen Reichtum an Schönheit und Stimmung; es hat das Rauschen und Flüstern und Seufzen der Wälder und das Schluchzen der Wellen in seine Seele aufgenommen; es hat in stillem, staunendem Schauen die Sonne des Tags auf ihrem Pfad begleitet und den Mond des Nachts, und es ist froh, wenn es seine Werkstätten und Läden schließen darf, um draußen in den Obstgärten und Kornfeldern die Jahreszeiten zu begrüßen. – Und so sein Herz der Seele der Welt öffnen, ist nicht das Vorrecht eines Teils eurer bevorzugten Klassen, es ist nicht künstlich erworbenes exotisches Kulturprodukt, sondern es ist allen eigen, allen Männern und Frauen aller Stände. Diese Erfahrung eurer Seele, daß ihr ein persönliches Wesen im Innersten der Welt gespürt habt, ist in eurer Kultur verkörpert. Es ist die Kultur der Brüderlichkeit. So hat eure Pflicht gegen den Staat den Charakter der Kindespflicht angenommen, und euer Volk ist eine Familie geworden, deren Haupt der Kaiser ist. Eure nationale Einheit gründet sich nicht auf Waffenbrüderschaft zu Verteidigung und Angriff, oder auf Spießgesellenschaft zu räuberischen Abenteuern, wobei jedes Mitglied gleichen Anteil an Gefahr und Beute hat. Sie ergibt sich nicht aus der Notwendigkeit, sich zu irgendeinem über diesen Kreis hinausgreifenden Zweck zu organisieren, sondern sie ist nur die Ausdehnung des Familiengefühls und der Verpflichtungen des Herzens auf ein nach Raum und Zeit viel weiteres Feld. Eure Kultur gründet sich auf das Ideal der „maitri“ , – maitri gegenüber den Menschen und maitri gegenüber der Natur. Und der wahre Ausdruck dieser Liebe ist die Sprache der Schönheit, die die allgemeine Sprache dieses Landes ist. Sie macht es, daß ein Fremder wie ich nicht mit einem Gefühl des Neides oder der Demütigung all diesen Offenbarungen von Schönheit und Liebe gegenübersteht, sondern mit Freude und Frohlocken die Herrlichkeit und Größe des Menschenherzens preist, die sich in ihnen kundgibt.

Und aus diesem Grunde fürchte ich die Veränderung, die die japanische Kultur bedroht, wie eine Gefahr für mich selbst. Denn die ungeheure Andersartigkeit des modernen Zeitalters, wo der Nutzen das einzige Band ist, das die Menschen verbindet, sticht nirgends so kläglich ab von der Würde und verborgenen Kraft stiller Schönheit wie in Japan.

Aber die Gefahr liegt darin, daß die organisierte Häßlichkeit den Geist bestürmt und den Sieg davonträgt durch die Wucht ihrer Masse, durch die Hartnäckigkeit ihres Angriffs, durch die Macht des Spottes, den sie gegen die tieferen Gefühle des Herzens richtet. Ihre grobe Aufdringlichkeit zieht gewaltsam unseren Blick auf sich und übermannt unsere Sinne, – und wir opfern auf ihrem Altar wie der Wilde dem Fetisch opfert, der ihm wegen seiner grauenhaften Häßlichkeit mächtig erscheint. Daher ist ihre Nebenbuhlerschaft den Dingen, die still und tief und zart sind, so gefährlich.

Ich bin sicher, daß es bei euch Menschen gibt, die kein Gefühl für eure Ideale haben; die nur gewinnen wollen, nicht wachsen. Sie prahlen laut, daß sie Japan modernisiert haben. Wenn ich ihnen auch zugebe, daß der Geist eines Volkes mit dem Geist seiner Zeit übereinstimmen muß, so muß ich ihnen doch zu bedenken geben, daß das Modernisierte ebensowenig das wahrhaft Moderne ist, wie Versmacherei wahre Dichtkunst. Es ist nichts als Nachahmung, nur ist die Nachahmung lauter als das Original und folgt ihm zu sklavisch. Wir müssen bedenken, daß die wahrhaft vom modernen Geist Beseelten es nicht nötig haben, zu modernisieren, ebensowenig wie die wahrhaft Tapfern Prahler sind. Das Moderne besteht nicht in europäischer Kleidung oder in den häßlichen Gebäuden, worin man die Kinder beim Unterricht einsperrt, oder in den viereckigen, von parallelen Fensterreihen durchlöcherten Häuserkästen, worin die Menschen zeitlebens eingekerkert sind. Und sicher zeigt sich der moderne Geist nicht in den mit allen möglichen Widersinnigkeiten beladenen Damenhüten. Diese Dinge sind nicht modern, sondern nur europäisch. Das wahrhaft Moderne ist Freiheit des Geistes, nicht Sklaverei des Geschmacks. Es ist Unabhängigkeit des Denkens und Handelns, nicht Unmündigkeit unter der Vormundschaft europäischer Schulmeister. Es ist Wissenschaft, aber nicht ihre verkehrte Anwendung im Leben, eine bloße Nachahmung unserer Lehrmeister in der Naturwissenschaft, die sie zum törichten Aberglauben herabwürdigen, indem sie ihre Hilfe zu allen möglichen und unmöglichen Zwecken anrufen.

Das Leben, das sich auf bloße Wissenschaft gründet, hat für manche einen Reiz, weil es das Wesen des Sports hat: es gibt sich als Ernst und ist im Grunde nur eine Unterhaltung. Wer auf die Jagd geht, muß möglichst wenig von Mitleid wissen, denn sein einziges Ziel ist, das Wild zu jagen und zu töten, zu fühlen, daß er das stärkere Tier ist, daß seine Vernichtungsmethode gründlich und wissenschaftlich ist. Und ein Leben, das in der Wissenschaft aufgeht, ist solch ein oberflächliches Sportsleben. Es strebt mit Geschick und Gründlichkeit nach Erfolg und kümmert sich nicht um die höhere Natur des Menschen. Aber die, die roh genug sind, wirklich glauben zu können, daß der Mensch nichts weiter als ein Jäger und sein Paradies ein Paradies für Sportsleute ist, und die danach ihr Leben einrichten, werden eines Tages mitten unter ihren Jagdtrophäen von Schädeln und Skeletten mit rauher Hand aus ihrem Wahn herausgerissen.

Ich will damit durchaus nicht sagen, daß Japan nicht darauf bedacht sein sollte, sich moderne Waffen zu seiner Verteidigung zu verschaffen. Aber dies sollte nie über das, was der Selbsterhaltungstrieb verlangt, hinausgehen. Japan muß bedenken, daß die wahre Macht nicht in den Waffen selbst liegt, sondern in dem Mann, der diese Waffen schwingt; und wenn er in seinem eifrigen Streben nach Macht seine Waffen auf Kosten seiner Seele vervielfältigt, so ist er selbst in größerer Gefahr als seine Feinde.

Lebendiges ist so leicht zu verletzen, daher bedarf es des Schutzes. In der Natur schützt das Leben sich durch Hüllen, die selbst aus lebendigem Stoff gebaut sind. Daher halten sie mit dem Wachstum des Lebens Schritt, oder sie lösen sich leicht ab, wenn die Zeit kommt, und werden vergessen. Der wahre Schutz des Menschen sind seine Ideale, die in lebendigem Zusammenhang mit seinem Leben stehen und mit ihm wachsen. Aber zu seinem Unglück sind nicht alle seine Schutzhüllen lebendig, einige sind aus trägem und totem Stahl gemacht. Daher muß der Mensch, während er sie gebraucht, achtgeben, daß sie ihm nicht zu Tyrannen werden. Wenn er so schwach ist, daß er sich kleiner macht, um sich seiner Schutzhülle anzupassen, dann wird es ein langsamer Selbstmord, indem die Seele nach und nach zusammenschrumpft. Wenn Japan diese Gefahr vermeiden will, muß es den festen Glauben an das sittliche Lebensgesetz haben und überzeugt sein, daß die Völker des Westens diesen Pfad zum Selbstmord gehen, indem sie ihr Menschentum ersticken unter dem ungeheuren Gewicht ihrer Organisationen, um sich selbst in der Macht und andere in Sklaverei zu halten.

Das Gefährliche für Japan ist nicht die Nachahmung der äußeren Erscheinungen der westlichen Kultur, sondern die Übernahme ihrer inneren Triebkräfte. Seine sozialen Ideale fangen schon an zurückzuweichen im Kampf gegen die Politik, und es zeigt schon Neigung zum politischen Hazardspiel, bei dem die Beteiligten ihre Seele einsetzen, um das Spiel zu gewinnen. Ich sehe ihr Motto, das sie von der Naturwissenschaft übernommen haben: „Das Überleben des Passendsten“ – ich sehe es in großen Buchstaben über dem Eingang ihrer gegenwärtigen Geschichte, das Motto, dessen Sinn ist: „Hilf dir, und kümmere dich nicht darum, was es andere kostet“ – das Motto des Blinden, der nur an das glaubt, was er berührt, weil er nicht sehen kann. Aber die, die sehen können, wissen sich so eng mit den Menschen verbunden, daß, wenn sie andere schlagen, der Schlag auf sie zurückfällt. Die größte Entdeckung, die der Mensch je gemacht hat, ist die Entdeckung des sittlichen Gesetzes, daß der Mensch der Wahrheit um so näher kommt, je mehr er sich in andern erkennt und empfindet. Diese Wahrheit hat nicht nur subjektiven

Wert, sondern sie offenbart sich in jeder Lebenssphäre. Und Völker, die eifrig sittliche Blindheit als Vaterlandsliebe kultivieren, werden jäh und gewaltsam zugrunde gehen. In früheren Zeiten hatten wir die Einfälle fremder Eroberer zu erdulden, es gab Grausamkeit und Blutvergießen, Eifersuchtsintrigen und Habgier. Aber die Seele des Volkes wurde von alledem nicht in ihrer Tiefe berührt, denn das Volk als Ganzes war an diesem Treiben nicht aktiv beteiligt. Diese Dinge gingen nur aus dem Ehrgeiz einzelner hervor. Das Volk selbst, da es frei war von der Verantwortlichkeit für die niedrige und verbrecherische Seite jener Abenteuer, hatte davon nur den sittlichen Gewinn, daß seine Anlagen zum Heldentum und zur Menschlichkeit dadurch entwickelt wurden: seine nicht wankende Untertanentreue, seine unbedingte Hingabe an die Pflichten der Ehre, seine Fähigkeit, sich ganz aufzuopfern, und seine Furchtlosigkeit gegenüber Tod und Gefahr. Daher wurden die Ideale, die im Herzen des Volkes ihren Sitz hatten, nicht ernstlich gefährdet durch die wechselnde Politik der Könige und Heerführer. Aber jetzt, wo der Geist der westlichen Zivilisation zur Herrschaft gekommen ist, wird in dem ganzen Volk von Kindheit an Haß und Ehrgeiz genährt durch alle möglichen Mittel: dadurch, daß man die Geschichte halb wahr oder unwahr darstellt, daß man falsche Vorstellungen von andern Völkern erweckt und unfreundliche Gefühle gegen sie großzieht, daß man Ereignisse, die um der Menschlichkeit willen möglichst schnell vergessen werden sollten, in Denkschriften festhält, häufig auf Kosten der Wahrheit, und so beständig schlimme Bedrohungen gegen Nachbarn und fremde Völker schafft. Dies heißt die Menschlichkeit an ihrer Quelle vergiften. Es heißt die Ideale entwerten, die aus dem Leben unserer Größten und Besten geboren sind. Es heißt die Selbstsucht als riesiges Götzenbild aufstellen für alle Völker der Erde. Wir können alles andere aus den Händen der Naturwissenschaft annehmen, nur nicht dieses Elixir sittlichen Todes. Glaubt doch keinen Augenblick, daß das Übel, das ihr andern Völkern zufügt, euch nicht anstecken wird, und daß die Feindschaft, die ihr rings um euch sät, für alle Zukunft eine Schutzmauer für euch werden könnte! Wenn man den Geist eines ganzen Volkes mit maßloser Eitelkeit auf seine Überlegenheit erfüllt, wenn man es lehrt, stolz zu sein auf sittliche Stumpfheit und auf seinen durch Unrecht erworbenen Reichtum, wenn man die Demütigung besiegter Völker dauernd macht, indem man Siegestrophäen zur Schau stellt und sie in den Schulen benutzt, um im Herzen der Kinder Verachtung für andere großzuziehen, so ahmt man dem Westen da nach, wo er ein eiterndes Geschwür hat, das immer weiter um sich frißt, bis in seinen Lebenskern.

Unsere Nährpflanzen, die zu unserem Lebensunterhalt nötig sind, sind Produkte jahrhundertelanger sorgfältiger Auslese und Pflege. Aber die Pflanzen, die wir nicht zu Lebenssaft in uns umschaffen, bedürfen nicht der geduldigen Pflege ganzer Menschenalter. Es ist nicht leicht, Unkraut loszuwerden, aber es ist leicht, durch dauernde Vernachlässigung die Nährpflanzen wieder verwildern zu lassen. So verlangte auch die Kultur, die sich so gütig eurem Boden angepaßt hat und so mit eurem Leben und eurer Menschlichkeit verwachsen ist, nicht nur in früheren Zeiten fleißiges Umgraben und Jäten, sondern sie bedarf noch jetzt sorgfältiger Arbeit und

Wachsamkeit. Das, was nur modern ist, wie die Naturwissenschaft und die Organisation, läßt sich verpflanzen; aber das, was zum Wesen des Menschen gehört, hat so zarte Fasern und so zahlreiche und weitgreifende Wurzeln, daß es stirbt, wenn es aus seinem Boden gerissen wird. Daher macht es mich besorgt, wenn ihr mit rauher Hand die politischen Ideale des Westens euren eigenen aufdrückt. In der westlichen Politik ist der Staat ein abstrakter Begriff und eine Verbindung der Menschen auf Grund des Nützlichkeitsprinzips. Weil solche Zivilisation nicht im Gefühl wurzelt, ist sie so gefährlich leicht zu handhaben. Ein halbes Jahrhundert hat für euch genügt, um diese Maschine zu meistern, und es gibt Menschen unter euch, die sie lieber haben als die lebendigen Ideale, die mit eurem Volk geboren und jahrhundertelang von euch gepflegt wurden. Sie sind wie Kinder, die in der Begeisterung des Spiels glauben, ihre Spielsachen mehr zu lieben als ihre Mutter.

Wo der Mensch am größten ist, ist er unbewußt. Eure Kultur, die aus eurem Gemeinschaftsgefühl entsprungen ist, wurzelt in der Tiefe eines gesunden Lebens, wohin der Späherblick der Selbstbeobachtung nicht reicht. Aber eine rein politische Zusammengehörigkeit ist durchaus bewußt, sie äußert sich als ein plötzlich ausbrechendes Fieber der Angriffslust, wie es sich jetzt gewaltsam eurer Seele bemächtigt hat. Und die Zeit ist gekommen, wo ihr zu vollem Bewußtsein aufgerüttelt werden müßt, damit ihr eure wahre Lebensquelle noch rechtzeitig erkennt, ehe es zu spät ist. Die Vergangenheit wurde euch von Gott geschenkt, für die Gegenwart müßt ihr selbst die Wahl treffen.

Daher müßt ihr diese Fragen an euch stellen: Haben wir die Welt falsch verstanden und unsere Beziehung zu ihr auf Unkenntnis der menschlichen Natur gegründet? Hat der Instinkt des Westens recht, der sein nationales Wohl aufbauen will hinter einer Mauer von Mißtrauen gegen die ganze Menschheit?

Ihr müßt immer einen starken Unterton von Furcht gespürt haben, wenn der Westen von der Möglichkeit sprach, daß ein östliches Volk emporkommen könnte. Der Grund dafür ist, daß die Macht, wodurch der Westen herrscht, eine böse Macht ist. Solange er sie allein auf seiner Seite hat, ist er sicher, während die übrige Welt zittert. Die gegenwärtige Zivilisation Europas muß, wenn sie leben soll, trachten, den Satan und seine Mächte ausschließlich in ihrem Dienst zu haben. Ihre ganze Kriegsausrüstung und Diplomatie richten sich auf dies eine Ziel. Aber all diese kostspieligen Riten zur Beschwörung des bösen Geistes führen auf einem Weg äußeren Gedeihens zum Rand eines Abgrunds. Die Schreckensfurien, die der Westen auf Gottes Welt losgelassen hat, werden zu ihm zurückkommen und ihn selbst bedrohen und ihn zu immer furchtbareren Rüstungen treiben, und er wird keine Ruhe finden und alles vergessen und an nichts anderes denken können als an die Gefahren, die er für andere bewirkt und die er selbst auf sich lädt. Dieser Politik des Teufels opfert er andere Länder. Er nährt sich von den Erschlagenen und wird fett davon, solange die Leichname frisch sind; aber sie werden zuletzt faulen und ihr Rachewerk beginnen, indem sie weithin ihre unreinen Stoffe verbreiten und die Lebenskraft derer vergiften, die sich von ihnen nähren. Japan hatte all seinen Reichtum an Menschlichkeit, seine Begeisterung für

Heldentum und Schönheit, seine bewundernswerte Kraft, sich zu beherrschen und sein Wesen in der Kunst zum Ausdruck zu bringen; doch die westlichen Völker hatten keine Ehrfurcht vor ihm, bis es ihnen zeigte, daß die Bluthunde des Satans nicht nur in den Hundehütten Europas gezüchtet werden, sondern daß man sie auch in Japan zähmen und mit dem Elend der Menschen füttern kann. Sie geben Japans Gleichberechtigung nur zu, wenn sie wissen, daß Japan auch den Schlüssel besitzt, um die Schleusen der Hölle zu öffnen und diese schöne Erde mit ihrer Flut zu überschwemmen, sobald es will, und daß es nach ihrer eigenen Melodie den Höllentanz von Plünderung, Mord und Frauenschändung tanzen kann, während die Welt zugrunde geht. Wir wissen, daß der sittlich noch unreife Mensch nur vor dem Gott Ehrfurcht hat, dessen Tücke er fürchtet. Aber ist dies das Ideal des Menschen, zu dem wir mit Stolz aufsehen können? Wenn nach Jahrhunderten der Zivilisation die Völker einander fürchten wie in der Nacht nach Beute herumstreifende Raubtiere, wenn sie ihre Türen ungastlich verschließen und sich nur zum Angriff oder zur Verteidigung zusammentun, wenn sie ihre Handelsgeheimnisse, Staatsgeheimnisse, Rüstungsgeheimnisse in ihren Höhlen verbergen, wenn sie den bellenden Hunden der andern Fleisch zur Beschwichtigung bieten, das ihnen nicht gehört, wenn sie gesunkene Völker, die versuchen sich aufzurichten, mit Gewalt niederhalten, wenn sie ihre Sicherheit nur in der Schwäche der übrigen Menschheit sehen, wenn sie schwächeren Völkern mit der Rechten Religion reichen und sie mit der Linken berauben, – ist darin irgend etwas, das uns zur Nacheiferung anspornen könnte?

Sollen wir unsere Knie vor dem Geiste dieser Zivilisation beugen, der Samen von Furcht, Gier und Mißtrauen und salbungsvolle Lügen von seiner Friedensliebe und seinem guten Willen und von der allgemeinen Brüderlichkeit mit breitem Wurf über die ganze Welt sät? Können wir ohne Mißtrauen im Herzen auf den Markt des Westens eilen, um für unser Erbe jenes ausländische Erzeugnis einzutauschen? Ich weiß, wie schwer es ist, sich selbst zu kennen, und daß der Mann, der betrunken ist, wütend seine Trunksucht ableugnet; doch der Westen selbst denkt mit Sorge über seine Schäden nach und sucht nach Heilmitteln. Aber er ist wie der Schlemmer, der nicht das Herz hat, seine Unmäßigkeit im Essen aufzugeben, und der sich töricht an die Hoffnung klammert, er könnte seine Verdauungsbeschwerden durch Arznei heilen. Europa ist nicht gewillt, seine unmenschliche Politik und all die niederen Leidenschaften, die dazu gehören, aufzugeben; es glaubt nur an eine Änderung des Systems, aber nicht an eine Umwandlung des Herzens.

Wir wollen uns wohl ihre Maschinen aneignen, doch nicht mit dem Herzen, sondern nur mit dem Hirn. Wir werden sie ausprobieren und Schuppen für sie bauen, doch in unser Heim und unsere Tempel lassen wir sie nicht ein. Es gibt Völker, welchen die Tiere, die sie töten, heilig sind; wir können wohl Fleisch von ihnen kaufen, wenn wir hungrig sind, aber den Kult übernehmen wir nicht mit. Wir dürfen nicht die Herzen unserer Kinder vergiften mit dem Aberglauben: Geschäft ist Geschäft, Krieg ist Krieg, Politik ist Politik. Wir müssen wissen, daß das Geschäft dem Menschen mehr sein muß als bloßes Geschäft, und ebenso Krieg und Politik. Ihr hattet eure eigene Industrie in Japan; wie peinlich ehrlich und gediegen sie war, sieht man an den Erzeugnissen, an ihrer Feinheit und Haltbarkeit, an der gewissenhaften Ausführung der kleinen Einzelheiten, die man beim Einkauf kaum bemerkt. Aber die Flutwoge des Betrugs ist über euer Land gefegt von dem Teil der Welt her, wo Geschäft Geschäft ist und Ehrlichkeit dabei nur als die beste Politik befolgt wird. Habt ihr euch nie geschämt, wenn ihr saht, wie die Reklamezettel nicht nur die ganze Stadt mit Lügen und Übertreibungen bekleben, sondern auch in die grünen Felder dringen, wo der Landmann seine ehrliche Arbeit tut, und auf die Spitzen der Hügel, die das erste reine Licht des Morgens begrüßt? Es ist leicht, unseren Sinn für Ehrlichkeit und unser Zartgefühl durch beständiges Reiben abzustumpfen, während die Lüge im Namen von Handel, Politik und Patriotismus mit stolzem Schritt einherstelzt, so daß jeder Protest gegen ihr fortwährendes Eindringen in unser Leben als Sentimentalität gilt, die eines rechten Mannes unwürdig ist.

Und so weit ist es gekommen, daß die Nachkommen jener Helden, die um ihr Leben nicht wortbrüchig geworden wären, die es verwerflich gefunden hätten, Menschen um gemeinen Vorteils willen zu betrügen, die selbst im Kampf die Niederlage einem unehrenhaften Sieg vorgezogen hätten, – daß diese Nachkommen sich eifrig der Lügen bedienen und sich nicht schämen, dadurch Vorteile zu gewinnen. Und dies ist bewirkt durch den Zauber des Wortes „modern“. Aber wenn reine Nützlichkeit modern ist, so ist die Schönheit ewig; wenn niedere Selbstsucht modern ist, so sind die menschlichen Ideale keine neuen Erfindungen. Und wir müssen überzeugt sein, wie modern auch die technische Fertigkeit ist, die den Menschen um Methoden und Maschinen willen stutzt und verkrüppelt, alt werden wird sie nicht.

Aber während wir versuchen, uns von den Anmaßungen Europas und von unserer eigenen Verblendung zu befreien, können wir leicht in den gegenteiligen Fehler verfallen und durch ein allgemeines Mißtrauen gegen den Westen unsere Augen der Wahrheit verschließen. Wenn wir aus einer Täuschung gerissen werden, so treibt uns der Rückschlag der Enttäuschung immer genau so weit von der Wirklichkeit ab wie der erste Schwung des Wahns. Wir müssen versuchen, zu der normalen Gemütsverfassung zu kommen, wo wir deutlich die Gefahr für uns sehen und vermeiden können, ohne gegen die Ursache der Gefahr ungerecht zu sein. Wir sind immer von Natur versucht, Europa in seiner eigenen Münze heimzuzahlen und Verachtung mit Verachtung, Böses mit Bösem zu vergelten. Aber das hieße wieder einen der schlimmsten Charakterzüge Europas nachahmen, der sich in seinem Betragen gegen die Völker zeigt, die es als gelbe oder rote, braune oder schwarze Rassen bezeichnet. (Hier ist übrigens ein Punkt, wo wir östlichen Völker uns ebenso schuldig bekennen müssen, da wir die Menschheit beleidigten, indem wir Menschen, die zu einem besonderen Glauben, einer besonderen Farbe oder Kaste gehörten, mit äußerster Verachtung und Grausamkeit behandelten.) Nur weil wir uns vor unserer eigenen Schwäche fürchten, die sich durch den Anblick der Macht überwältigen läßt, versuchen wir, eine andere Schwäche an ihre Stelle zu setzen, die uns blind macht gegen das, was den wahren Ruhm des Westens ausmacht. Erst wenn wir das

Europa wahrhaft kennen, das groß und gut ist, können wir uns wirksam vor dem Europa bewahren, das niedrig und habgierig ist. Man wird leicht unbillig in seinem Urteil, wenn man dem menschlichen Elend gegenübersteht, – und man wird pessimistisch in seinen Theorien, wenn das Herz leidet. Aber nur der kann an der Menschheit verzweifeln, der den Glauben an die höhere Macht verliert, die ihr wieder Kraft gibt, wenn sie am kläglichsten darniederliegt, und die aus ihren Ruinen neues Leben weckt. Wir müssen nicht verkennen, daß im Westen eine lebendige Seele ist, die einen stillen Kampf kämpft gegen die ungeheuren Organisationen, unter denen Männer, Frauen und Kinder zermalmt werden, weil ihr Mechanismus keine geistigen und menschlichen Gesetze kennt – eine lebendige Seele, deren Gefühl sich nicht ganz abstumpfen läßt durch die gefährliche Gewohnheit, rücksichtslos gegen die Völker zu verfahren, für die ihr die natürliche Sympathie fehlt. Der Westen hätte sich nie zu der Höhe erheben können, die er erreicht hat, wenn seine Stärke nur die Stärke des wilden Tieres oder der Maschine wäre. Das Göttliche in seinem Herzen leidet bei den Wunden, die seine Hand der Welt schlägt, – aus diesem Schmerz seiner besseren Natur fließt der geheime Balsam, der all jene Wunden heilen wird. Immer wieder hat er gegen sich selbst gekämpft und die Fesseln gelöst, die seine eigenen Hände um hilflose Glieder gelegt hatten; und wenn er ein großes Volk mit dem Schwerte zwang, das Gift, das er ihm bot, zu trinken, nur um schnöden Geldgewinn, so rüttelte er sich doch selbst auf zur Erkenntnis seiner Tat und suchte sie wieder gutzumachen. Dies zeigt, daß an scheinbar öden, unfruchtbaren Stellen verborgene

Quellen von Menschlichkeit fließen. Es zeigt, daß der wahre Kern seiner Natur, der all diese Feigheit und Grausamkeit überleben kann, nicht Selbstsucht ist, sondern Ehrfurcht vor selbstlosen Idealen. Wir würden sowohl Europa als auch uns selbst unrecht tun, wenn wir sagten, es hätte den modernen Osten nur durch die bloße Schaustellung seiner Macht bestrickt. Durch den Rauch der Kanonen und durch den Staub der Märkte hat das Licht seiner sittlichen Natur hell geleuchtet und uns das Ideal sittlicher Freiheit gebracht, das tiefere Grundlagen hat als gesellschaftliche Konventionen, und dessen Wirkungsbereich die ganze Welt ist.

Der Osten hat durch seine Abneigung hindurch instinktiv gefühlt, daß er viel von Europa zu lernen hat, nicht nur in bezug auf die materiellen Mittel seiner Macht, sondern auch auf ihre inneren Quellen, die dem Geist und der sittlichen Natur des Menschen angehören. Europa hat uns gelehrt, daß wir neben den Pflichten gegen die Familie und den Stamm höhere haben gegen die Allgemeinheit; es hat uns die Heiligkeit des Gesetzes gelehrt, das die Gesellschaft unabhängig macht von der Laune des einzelnen, ihr dauernden Fortschritt und allen Menschen in allen Lebenslagen gleiches Recht sichert. Vor allem hat Europa in jahrhundertelangem Leiden und Kämpfen das Banner der Freiheit hochgehalten, der Freiheit des Gewissens, der Freiheit des Denkens und Handelns, der Freiheit für seine Ideale in der Kunst und Literatur. Und weil sich Europa unsere tiefe Achtung erworben hat, ist es so gefährlich für uns geworden da, wo es schwach und falsch ist, – gefährlich wie Gift, das man uns in unsere beste Speise mischt. Es gibt eine Rettung für uns, auf die wir hoffen können: wir können

Europa selbst als Bundesgenossen anrufen im Kampf gegen seine Verführungen und gewaltsamen Übergriffe; denn da es immer sein sittliches Ideal hochgehalten hat, an dem wir es messen und seinen Abfall ihm nachweisen können, so können wir es vor sein eigenes Gericht fordern und es beschämen, und solche Scham ist das Zeichen wahren Adelsstolzes.

Doch wir fürchten, daß das Gift wirksamer ist als die Speise, und daß das, was sich heute als Kraft äußert, nicht Zeichen von Gesundheit, sondern vom Gegenteil ist. Wir fürchten, daß das Böse, wenn es so ungeheure Formen annimmt, einen verhängnisvollen Zauber ausübt, und wenn es auch sicher durch sein abnormes Mißverhältnis das Gleichgewicht verliert, so ist doch das Unheil, das es vor seinem Sturz anrichtet, vielleicht nicht wieder gutzumachen.

Daher bitte ich euch, habt die Kraft des Glaubens und die Klarheit des Geistes einzusehen, daß der schwerfällige Bau des modernen Fortschritts, der durch die eisernen Klammern der Nützlichkeit zusammengehalten wird und auf den Rädern des Ehrgeizes rollt, nicht lange halten kann. Es werden sicher Zusammenstöße kommen, denn er muß auf den Schienen der Organisation laufen, er kann seinen Weg nicht frei wählen, und wenn er einmal entgleist, entgleist mit ihm der ganze Wagenzug. Es wird ein Tag kommen, wo er in Trümmer fallen und zu einer ernstlichen Verkehrshemmung in der Welt werden wird. Sehen wir nicht schon jetzt Anzeichen davon? Hören wir nicht eine Stimme durch den Lärm des Krieges, durch das Haßgeschrei, das Jammern der Verzweiflung, durch das Aufrühren des unsagbaren Schmutzes, der sich jahrhundertelang auf dem Boden der modernen Zivilisation angesammelt hat, eine Stimme, die unserer Seele zuruft, daß der Turm der nationalen Selbstsucht, der sich Patriotismus nennt und sein Banner des Verrats frech zum Himmel wehen läßt, ins Schwanken geraten und mit gewaltigem Krach zusammenstürzen wird, durch seine eigene Masse herabgezogen, so daß seine Fahne den Staub küßt und sein Licht erlischt? Meine Brüder, wenn die roten Flammen dieses gewaltigen Brandes prasselnd ihr Gelächter zu den Sternen schicken, setzt ihr euer Vertrauen auf die Sterne und nicht auf das vernichtende Feuer. Denn wenn dieser Brand sich verzehrt hat und erlischt und einen Aschenhaufen als Denkzeichen zurückläßt, wird das ewige Licht wieder im Osten leuchten – im Osten, wo das Morgenlicht der Menschheitsgeschichte geboren ist. Und wer weiß, ob nicht dieser Tag schon dämmert, ob nicht am östlichen Horizont Asiens die Sonne schon aufgegangen ist? Dann begrüße ich wie die Sänger meiner Vorfahren das Morgenrot dieser östlichen Sonne, die bestimmt ist, noch einmal die ganze Welt zu erleuchten.

Ich weiß, meine Stimme ist zu schwach, sich über den Lärm dieser hastenden Zeit zu erheben, und es ist leicht für jeden Gassenbuben, mir das Wort „unpraktisch" nachzuwerfen. Es bleibt an mir kleben und läßt sich nicht abwischen und bewirkt, daß alle achtbaren Menschen über mich hinwegsehen. Ich weiß, welche Gefahr man bei der robusten Menge läuft, wenn man Idealist genannt wird, heutzutage, wo Throne ihre Würde verloren haben und Propheten ein Anachronismus geworden sind, wo das Geschrei des Marktes alle anderen Stimmen übertönt. Doch als ich eines Tages an der äußeren

Häusergrenze der Stadt Jokohama stand, die von modernen Dingen strotzte, und die Sonne langsam hinabtauchen sah in euer südliches Meer, als ich es in seiner stillen Majestät daliegen sah zwischen euren mit Fichten bedeckten Hügeln, – als ich den großen Fudschijama am goldenen Horizont verblassen sah wie einen Gott, der von seinem eigenen Glanz überwältigt wird – da quoll die Musik der Ewigkeit herauf zu mir durch das Abendschweigen, und ich wußte, daß Himmel und Erde mit all ihrer Schönheit auf seiten der Dichter und Idealisten sind, und nicht auf Seiten der Marktleute mit ihrer derben Verachtung für alles Gefühlswesen; ich wußte, daß der Mensch, nachdem er eine Zeitlang seinen göttlichen Ursprung vergessen hat, sich wieder daran erinnern wird, daß der Himmel stets in Berührung mit seiner Erde ist und sie nicht für immer den raubgierigen Wölfen unserer heutigen Zeit preisgibt.

Nationalismus in Indien

Indiens wahre Aufgabe liegt nicht auf dem Gebiete der Politik; sie ist sozialer Art. Und dies ist nicht nur in Indien, sondern in überwiegendem Maße bei allen Völkern der Fall. Ich glaube nicht an ein ausschließlich politisches Interesse. Im Westen hat die Politik auf die Ideale beherrschenden Einfluß gehabt, und wir Inder versuchen, eurem Beispiel zu folgen. Wir müssen bedenken, daß in Europa, wo die Völker von Anfang an ihre Rasseneinheit hatten und wo die Natur den Bewohnern nicht genug bot, um ihr Bedürfnis zu befriedigen, die Kultur ganz von selbst den Charakter politischer und kommerzieller Aggressivität annehmen mußte. Denn einerseits hatten sie keine innern Schwierigkeiten, und andererseits hatten sie es mit Nachbarn zu tun, die stark und raublustig waren. So schien ihre einzige Aufgabe zu sein, nach innen fest zusammenzuhalten und nach außen eine wachsame und feindselige Haltung zu wahren. In früheren Zeiten organisierten sie sich, um zu plündern, heute ist der Geist, der bei ihnen herrscht, derselbe – sie organisieren, um die ganze Welt auszubeuten.

Aber seit den ersten Anfängen unserer Geschichte hat Indien beständig sein Problem vor Augen gehabt – das Rassenproblem. Jedes Volk muß sich seiner Mission bewußt sein, und wir Inder müssen uns klarmachen, daß wir eine armselige Rolle spielen, wenn wir versuchen, Politik zu treiben, nur weil wir es noch nicht fertig gebracht haben, das zu leisten, was die Vorsehung uns aufgegeben hat.

Vor dies Problem der Rasseneinheit, das wir so viele Jahre lang zu lösen versucht haben, seid auch ihr hier in Amerika gestellt. Viele Leute in diesem Lande fragen mich, wie es mit den Kastenunterschieden in Indien sei. Aber wenn sie diese Frage an mich richten, so tun sie es gewöhnlich mit überlegener Miene. Und ich fühle mich versucht, unseren amerikanischen Kritikern dieselbe Frage zu stellen, nur mit einer kleinen Abänderung: „Was habt ihr eigentlich mit dem Indianer und dem Neger gemacht?" Denn ihnen gegenüber seid ihr über euren Kastengeist noch nicht hinausgekommen. Ihr habt gewaltsame Methoden angewandt, um andere Rassen von euch fernzuhalten, aber solange ihr hier in

Amerika nicht die Frage gelöst habt, habt ihr kein Recht, Indien zu fragen.

Jedoch trotz der großen Schwierigkeit hat Indien etwas getan. Es hat versucht, die Rassen einander anzupassen, die wirklichen Unterschiede, da wo sie existieren, bestehen zu lassen und doch eine gemeinsame Basis zu finden. Diese Basis haben unsere heiligen Männer wie Nanak, Kabir, Tschaitanja und andere gefunden, die allen Rassen Indiens den einen Gott predigten.

Wenn wir die Lösung unseres Problems gefunden haben, so haben wir damit zugleich geholfen, das Weltproblem zu lösen. Denn was Indien gewesen ist, das ist die ganze Welt jetzt. Die Welt ist im Begriff, durch die technischen Erleichterungen zu einem einzigen Lande zu werden. Und der Augenblick kommt, wo ihr auch nach einer Basis für eure Einheit suchen müßt, die nicht politischer Art ist. Wenn Indien seine Aufgabe gelöst hat, so hat es dies für die ganze Menschheit getan. Es gibt überhaupt nur eine Geschichte – die Geschichte des Menschen. Die Geschichten der Völker sind nur einzelne Kapitel dieser großen Geschichte. Und wir Inder wollen gern für eine so große Sache leiden.

Jedes Individuum hat seine Selbstliebe. Daher wird es von seinem tierischen Instinkt getrieben, nur um seines eigenen Interesses willen mit andern zu kämpfen. Aber der Mensch hat auch seine höheren Instinkte: Mitgefühl und Hilfsbereitschaft. Die Menschen, denen es an dieser höheren sittlichen Kraft fehlt, und die sich daher nicht mit andern zu einer Gemeinschaft verbinden können, müssen umkommen oder in einem Zustande der Erniedrigung leben. Nur die Völker haben fortgelebt und es zur Kultur gebracht, in denen dieser Gemeinschaftsgeist stark lebendig ist. So finden wir, daß vom Anfang der Geschichte an die Menschen zu wählen hatten zwischen Kampf und Gemeinschaft, Eigeninteresse und Allgemeininteresse.

In den Zeiten unserer frühen Geschichte, als die geographischen Grenzen des einzelnen Landes nur klein und die Verkehrsmöglichkeiten gering waren, hatte auch dies Problem nur verhältnismäßig geringen Umfang. Es genügte, wenn die Menschen ihr Gemeinschaftsgefühl nur innerhalb der Grenzen ihres abgesonderten Gebiets entwickelten. Zu jenen Zeiten schlossen sie sich zusammen und kämpften gegen andere. Aber es war dies sittliche Gefühl der Gemeinschaft, das die wahre Grundlage ihrer Größe wurde, auf der sich Kunst, Wissenschaft und Religion entwickeln konnten. In jenen frühen Zeiten war die wichtigste Tatsache, deren der Mensch sich bewußt sein mußte, daß er in einer engeren Rassengemeinschaft lebte. Wem diese Tatsache wahrhaft in sein sittliches Bewußtsein eingegangen war, der machte sich um die Geschichte verdient.

Die wichtigste Tatsache der heutigen Zeit ist, daß die verschiedenen Menschenrassen in nahe Berührung miteinander gekommen sind. Und wieder haben wir zwischen zwei Wegen die Wahl: die Frage ist, ob die verschiedenen Völkergruppen fortfahren sollen einander zu bekämpfen, oder ob sie versuchen sollen, eine Grundlage für Versöhnung und gegenseitige Hilfe zu finden; ob ewiger Wettstreit oder Zusammenarbeiten die Losung sein soll.

Ich bin gewiß, daß die, die mit der sittlichen Kraft der Liebe und dem Ideal einer geistigen Einheit unter den Völkern begnadet sind, die am wenigsten von Feindseligkeit den fremden Nationen gegenüber wissen und Verständnis und Mitgefühl genug haben, um sich in die Lage der andern zu versetzen, ich glaube, daß diese die Geeignetsten sein werden, ihren Platz in dem kommenden Zeitalter zu behaupten, während die, die beständig ihren angeborenen Trieb zu Kampf und Unduldsamkeit pflegen, untergehen werden. Denn dies ist das Problem, das jetzt vor uns liegt, und wir müssen unser höheres Menschentum dadurch beweisen, daß wir es auf sittlichem Wege lösen. Die riesigen Organisationen, die dazu dienen, andere anzugreifen und ihre Angriffe abzuwehren, Geld zu erringen, indem man andere beiseite stößt, diese werden uns nicht helfen. Im Gegenteil, durch ihr zermalmendes Gewicht, ihre ungeheuren Kosten und ihre ertötende Wirkung auf das lebendige Menschentum werden sie unsere Kraft in dem großzügigeren Leben einer höheren Kultur ernstlich gefährden.

Als die Nation noch in der Entwicklung begriffen war, da war die sittliche Kultur der Brüderlichkeit in geographische Grenzen eingeschlossen, weil damals jene Grenzen auch wirkliche Grenzen waren. Jetzt sind sie zu traditionellen Linien geworden, die nur in der Einbildung bestehen und den Charakter wirklicher Schranken verloren haben. So ist die Zeit gekommen, wo die sittliche Natur des Menschen in allem Ernst mit dieser wichtigen Tatsache rechnen oder sich verloren geben muß. Die erste Folge von diesem Wechsel der Umstände war, daß die niederen Leidenschaften des Menschen, Gier und wilder Haß, jäh emporschäumten. Wenn dies unbegrenzt weitergeht, wenn die Kriegsrüstungen immer weiter bis ins Phantastische und Sinnlose gesteigert werden, wenn Maschinen und Lagerhäuser mit ihrem Rauch und Schmutz und mit all ihrer Scheußlichkeit diese schöne Erde einhüllen, so wird sie in einem Weltbrand ein selbstmörderisches Ende nehmen. Daher muß der Mensch die ganze Kraft seiner Liebe und seines schauenden Geistes anstrengen, um eine neue sittliche Ordnung aufzurichten, die die ganze Menschheit umfaßt und nicht nur einzelne Nationen, die immer nur einen Bruchteil ausmachen. Der Ruf ergeht heute an jeden einzelnen, sich und seine Umgebung vorzubereiten für die Morgendämmerung einer neuen Weltperiode, wo der Mensch in der geistigen Einheit aller menschlichen Wesen seine Seele entdecken wird.

Wenn es überhaupt dem Westen beschieden ist, aus diesem Gestrüpp der tieferen Abhänge sich zu dem geistigen Gipfel der Menschheit emporzuarbeiten, so ist es, glaube ich, die besondere Mission Amerikas, diese Hoffnung Gottes und der Menschheit zu erfüllen. Ihr seid das Land der Erwartung, das über das Gegebene hinausstrebt. Europa hat seine geistigen Gewohnheiten und Konventionen. Aber Amerika hat sich bis jetzt noch nirgends festgelegt. Mir ist klar geworden, wie frei Amerika von allen Traditionen der Vergangenheit ist, und ich weiß die Neigung zum Experimentieren als ein Zeichen seiner Jugend zu schätzen. Amerikas Ruhm und Größe gründet sich mehr auf die Zukunft als auf die Vergangenheit, und wer die Gabe des Hellsehens hat, wird das Amerika der Zukunft lieben müssen.

Amerika hat die Aufgabe, dem Osten gegenüber die westliche Kultur zu rechtfertigen. Europa hat den Glauben an die Menschheit verloren und ist mißtrauisch und kränklich geworden. Amerika dagegen ist weder pessimistisch noch blasiert. Ihr wißt als Volk, daß, wenn man das Gute hat, man das Bessere und Beste suchen kann, und daß man um so mehr zu wissen strebt, je mehr man weiß. Traditionen aber und Gewohnheiten bewirken das Gegenteil. Und es gibt Gewohnheiten, die nicht nur durch träges Beharren hemmen, sondern anmaßend und aggressiv sind. Sie sind nicht bloße Mauern, sondern stachlige Distelhecken. Europa hat jahrelang diese Hecken von Gewohnheiten großgezogen, bis sie es dicht und stark und hoch eingeschlossen haben. Der Stolz auf seine Traditionen hat tief in seinem Herzen Wurzel geschlagen. Ich will nicht behaupten, daß dieser Stolz unberechtigt ist. Aber jede Art von Stolz macht schließlich blind. Wie bei allen künstlichen Reizmitteln ist seine erste Wirkung eine Erhöhung des Lebensgefühls, aber bei vermehrter Dosis wird das Bewußtsein getrübt und ein Rausch erzeugt, der es irreführt. Europas Herz hat sich allmählich verhärtet in dem Stolz auf seine Traditionen. Es kann nicht nur nicht vergessen, daß es der kultivierte Westen ist, sondern ergreift auch jede Gelegenheit, andern die Tatsache ins Gesicht zu schleudern, um sie zu demütigen. Dadurch macht es sich unfähig, sowohl dem Osten sein Bestes zu geben als auch im rechten Geiste die Weisheit aufzunehmen, die der Osten seit Jahrhunderten aufgespeichert hat.

In Amerika haben nationale Gewohnheiten und Traditionen noch nicht Zeit gehabt, ihre klammernden Wurzeln um euer Herz zu schlagen. Ihr habt beständig die Nachteile auf eurer Seite empfunden und beklagt, wenn ihr eure nomadische Ruhelosigkeit mit den festen Traditionen Europas vergleicht, jenes Europas, das das Bild seiner Größe so wirkungsvoll vom Hintergrund seiner Vergangenheit sich abheben lassen kann. Aber in dieser gegenwärtigen Übergangszeit, wo ein neues Zeitalter der Kultur seinen Trompetenruf erschallen läßt an alle Völker der Welt in eine unbegrenzte Zukunft hinein, da wird gerade diese Ungebundenheit euch befähigen, seinem Ruf zu folgen und das Ziel zu erreichen, das Europa erstrebte, aber zu dem es auf halbem Wege steckenblieb. Denn es ließ sich durch den Stolz auf seine Macht und durch die Gier nach Besitz von seiner Bahn ablenken.

Nicht nur die Freiheit der einzelnen von festen Denkgewohnheiten, sondern auch die Freiheit eurer Geschichte von allen Verwicklungen, die sie hätten beflecken können, macht euch fähig, die Bannerträger der künftigen Kultur zu sein. Alle großen Nationen Europas haben irgendwo in der Welt ihre Opfer. Dies ertötet nicht nur ihre seelische, sondern auch ihre intellektuelle Sympathie, die zum Verständnis fremder Rassen so nötig ist. Die Engländer können Indien nie wahrhaft verstehen, weil ihr Geist in bezug auf dies Land nicht frei von eigennützigem Interesse ist. Wenn man England mit Deutschland oder Frankreich vergleicht, so findet man, daß es die kleinste Anzahl von Gelehrten aufzuweisen hat, die indische Literatur und Philosophie mit einem gewissen Grad von Verständnis und Gründlichkeit studiert haben. Diese Haltung von Gleichgültigkeit und Verachtung ist natürlich, wo das Verhältnis unnormal und auf nationalen Stolz und Egoismus gegründet ist. Aber eure Geschichte ist selbstlos gewesen, und daher habt ihr Japan helfen können, als es nach westlicher Kultur verlangte; daher kann auch China in seiner gegenwärtigen so schwer wie noch nie bedrohten Lage auf euch seine beste Hoffnung setzen. Ja, ihr tragt die ganze Verantwortung für eine große Zukunft, weil ihr nicht in den Klauen einer engherzigen Vergangenheit zurückgehalten werdet. Daher muß von allen Völkern der Erde Amerika am festesten diese Zukunft ins Auge fassen; es darf seinen Blick nicht trüben lassen, und sein Glaube an die Menschheit muß jugendlich stark bleiben.

Eine Ähnlichkeit besteht zwischen Amerika und Indien: beide müssen verschiedene Rassen zu einer Einheit verschmelzen.

In meinem Lande haben wir versucht, etwas zu finden, was allen Rassen gemeinsam ist und worauf sich ihre wirkliche Einheit gründen läßt. Eine Nation, die diese Einheit auf eine rein politische oder wirtschaftliche Basis zu gründen sucht, wird finden, daß diese Basis nicht genügt. Denkende und einflußreiche Männer werden entdecken, worin diese geistige Einheit besteht, sie werden sich ihr Bild im Geiste ausmalen und es ihrem Volk verkünden.

Indien hat nie den wirklichen Sinn für Nationalismus gehabt. Obgleich man mich von klein auf gelehrt hat, daß der Götzendienst der Nation fast noch besser ist als die Ehrfurcht vor Gott und der Menschheit, so bin ich, glaube ich, doch dieser Lehre entwachsen, und ich bin überzeugt, daß meine Landsleute ihr Indien in Wahrheit dadurch gewinnen werden, daß sie gegen eine Lehre kämpfen, die ihnen sagt, ein Land stände höher als die Ideale der Menschheit.

Der gebildete Inder versucht heutzutage Lehren aus der Geschichte zu entnehmen, die den Lehren unserer Vorfahren widersprechen. Ja, der Osten versucht, sich eine Geschichte anzueignen, die gar nicht das Ergebnis seines eigenen Lebens ist. Japan zum Beispiel glaubt, dadurch mächtig zu werden, daß es europäische Methoden übernimmt, aber nachdem es sein eigenes Erbe vergeudet hat, wird es nur die geborgten Waffen der äußeren Kultur in der Hand behalten. Denn es hat sich nicht aus sich heraus entwickelt.

Europa hat seine Vergangenheit. Europas Stärke liegt daher in seiner Geschichte. Wir in Indien müssen uns klarmachen, daß wir nicht die Geschichte eines andern Volkes übernehmen können und daß wir Selbstmord begehen, wenn wir unsere eigene ersticken. Wer seinem Leben künstlich etwas Fremdes aufsetzt, der erdrückt es.

Und daher glaube ich, daß es nicht gut für Indien ist, wenn es sich mit der westlichen Kultur auf ihrem Felde zu messen sucht. Wenn wir dagegen der uns vom Schicksal gewiesenen Bahn treu bleiben, so werden uns alle Schmähungen, mit denen man uns überhäufen mag, reichlich vergütet werden.

Es gibt Lehren, die uns unterweisen und uns zu geistiger Arbeit tüchtig machen. Diese sind einfach und können mit Nutzen erworben und angewandt werden. Aber es gibt andere, die uns tiefer berühren und unsere Lebensrichtung ändern. Bevor wir sie annehmen und ihren Wert mit unserem eigenen Erbe bezahlen, müssen wir haltmachen und ernsthaft nachdenken. Es kommen in der menschlichen Geschichte zuweilen Perioden, wo gewaltige

Ereignisse wie Feuerwerke uns blenden durch ihre Stärke und Schnelligkeit. Sie verlachen nicht nur die bescheidenen Lampen unseres Heims, sondern auch die ewigen Sterne. Aber laßt uns durch ihre Herausforderung nicht zu dem Wunsch gereizt werden, unsere Lampen wegzuwerfen. Laßt uns geduldig den gegenwärtigen Schimpf ertragen und bedenken, daß diese Feuerwerke wohl hellen Glanz, aber keine Dauer haben wegen ihrer großen Explosionskraft, die die Ursache ihrer Stärke, aber auch zugleich die ihres schnellen Erlöschens ist. Sie verbrauchen ein verhängnisvolles Quantum von Energie und Substanz im Verhältnis zu dem, was sie leisten und einbringen.

Jedenfalls sind unsere Ideale durch unsere eigene Geschichte entwickelt worden, und wenn wir ein Feuerwerk aus ihnen machen wollten, so würde es doch nur kläglich ausfallen, da sie aus anderem Stoff sind als eure, wie auch ihr sittliches Ziel ein anderes ist. Wenn wir den Wunsch hegen, unsere ganze Habe gegen politischen Nationalismus einzutauschen, so ist dies ebenso unsinnig, als wenn die Schweiz ihr Leben an die Erfüllung des ehrgeizigen Wunsches setzte, eine Flotte zu bauen, die es mit der englischen aufnehmen könnte. Der Fehler, den wir machen, ist der, daß wir glauben, es gäbe nur einen Weg zu menschlicher Größe – den, den wir heute zu unserem Schmerz als breite Straße über die Welt des Westens laufen sehen und auf dem freche Anmaßung die Führerin ist.

Wir müssen die Gewißheit haben, daß eine Zukunft vor uns liegt und daß diese Zukunft die erwartet, welche reich an sittlichen

Idealen sind und nicht an bloßen Dingen. Und es ist das Vorrecht des Menschen, für Früchte zu arbeiten, die er noch nicht sogleich sammeln kann, und sein Leben nicht durch den Erfolg des Augenblicks bestimmen zu lassen oder auch durch eine vorsichtige, in ihren Zielen begrenzte Vergangenheit, sondern durch eine unendliche Zukunft, die unsere höchsten Ideale in sich birgt.

Wir müssen erkennen, daß die göttliche Vorsehung selbst den Westen nach Indien führte. Und doch muß jemand kommen, der dem Westen den Osten deutet und ihm klarmacht, daß der Osten sein Teil beizusteuern hat zur Geschichte der Kultur. Indien kommt nicht als Bettler zum Westen. Und mag auch der Westen dies glauben, so rate ich doch nicht, daß wir die westliche Kultur verschmähen und uns in stolzer Unabhängigkeit absondern. Nein, laßt uns uns innerlich mit ihm tief verbinden. Wenn die Vorsehung England dazu ausersehen hat, daß es diesen Bund, diesen inneren Bund, stifte und leite, so will ich mich dem in aller Demut beugen. Ich habe einen großen Glauben an die menschliche Natur, und so glaube ich auch, daß der Westen seine wahre Mission erkennen wird. Ich spreche mit Bitterkeit von der westlichen Kultur, wenn ich sehe, wie sie das ihr Anvertraute verrät und ihrem eigenen Ziel entgegenarbeitet. Der Westen darf sich nicht zu einem Fluch für die Welt machen, indem er seine Macht zu selbstischen Zwecken braucht, sondern dadurch, daß er die Unwissenden belehrt und den Schwachen hilft, sollte er sich vor der Gefahr schützen, die dem Starken drohen kann, wenn er den Schwachen stark genug werden läßt, seinem Eindringen zu widerstehen. Auch muß er seinen Materialismus nicht als das Höchste und Letzte predigen, sondern er muß erkennen, daß er sich um die Menschheit verdient macht, wenn er den Geist von der Tyrannei der Materie befreit.

Ich wende mich nicht gegen eine Nation im besonderen, sondern gegen Nationen im allgemeinen. Was ist eine Nation?

Es ist die Erscheinung eines ganzen Volkes als organisierte Macht. Diese Organisation zielt beständig dahin, daß die Bevölkerung stark und leistungsfähig werde. Aber dies rastlose Streben nach Stärke und Leistungsfähigkeit entzieht der höheren Natur des Menschen, die ihn aufopfernd und schöpferisch machte, ihre Kraft. Seine Opferfähigkeit wird von ihrem eigentlichen, sittlichen und lebendigen Ziel abgelenkt auf ein mechanisches und lebloses, die Erhaltung dieser Organisation. Und doch fühlt er in der Erreichung dieses Zieles die ganze Genugtuung sittlicher Erhebung und wird daher der Menschheit äußerst gefährlich. Er fühlt sich in seinem Gewissen beruhigt, wenn er seine Verantwortlichkeit auf diese Maschine schieben kann, die eine Schöpfung seines Intellekts und nicht seiner ganzen sittlichen Persönlichkeit ist. So kommt es, daß das Volk, welches die Freiheit liebt, in einem großen Teil der Welt die Sklaverei fortbestehen läßt mit dem wohltuenden Gefühl des Stolzes, seine Pflicht getan zu haben. Menschen, die von Natur gerecht sind, können sowohl im Handeln wie im Denken grausam ungerecht sein und dabei das Gefühl haben, daß sie den Menschen nur zu dem verhelfen, was sie verdienen. Menschen, die sonst ehrlich sind, können, ohne zu wissen, was sie tun, andern dauernd ihr Menschenrecht auf höhere Entwicklung rauben und dabei die Beraubten schmähen, daß sie keine bessere Behandlung verdient hätten. Wir haben im täglichen Leben gesehen, wie sogar kleine Geschäfts- und Berufsorganisationen Menschen, die von Natur nicht schlecht sind, gefühllos machen, und wir können uns wohl vorstellen, welch eine Zerstörung in der sittlichen Welt angerichtet wird, wenn ganze Völker sich mit rasendem Eifer organisieren, um Macht und Reichtum zu gewinnen.

Der Nationalismus ist eine sehr schwere Gefahr. Er ist seit Jahren die Ursache von allen Leiden Indiens. Und da wir von einer Nation regiert und beherrscht werden, die in ihrer Haltung ausschließlich politisch ist, haben wir trotz des Erbes unserer Vergangenheit versucht, den Glauben in uns zu entwickeln, daß wir auch vielleicht eine politische Aufgabe haben.

Es gibt in Indien verschiedene Parteien, die ihre verschiedenen Ideale haben. Einige streben nach politischer Unabhängigkeit. Andere glauben, daß die Zeit dazu noch nicht gekommen ist, aber sie meinen, Indien sollte die Rechte der englischen Kolonien haben. Sie wollen soweit wie möglich Selbstregierung.

Als die politische Bewegung in Indien anfing, da gab es noch keinen Parteistreit wie heute. Damals gab es eine Partei, die sich Indischer Kongreß nannte. Sie hatte kein wirkliches Programm; sie wies auf einige Mißstände hin und forderte ihre Abstellung von seiten der Behörden. Sie wünschte eine größere Vertretung im Regierungsrat und mehr Freiheit in der Gemeindeverwaltung. Sie verlangte lauter Kleinigkeiten, aber sie hatte kein aufbauendes Ideal. Daher konnte ich mich für ihr Vorgehen nicht begeistern. Es war meine Überzeugung, daß das, was Indien am meisten braucht, schöpferische, aus seinem eigenen Geist geborene Arbeit ist. Und bei dieser Arbeit müssen wir alle Gefahren auf uns nehmen und selbst noch in des Verfolgers Rachen nicht aufhören, unsere uns vom Schicksal auferlegte Pflicht zu tun, und so durch Leiden und Mißerfolg bei jedem Schritt moralische Siege gewinnen. Wir müssen denen über uns zeigen, daß wir sittliche Kraft und Stärke haben, für die Wahrheit zu leiden. Haben wir aber selber nichts aufzuweisen, so können wir nur betteln. Es würde verderblich für uns sein, wenn uns die Gaben, um die wir bitten, sogleich gewährt würden, und ich habe meinen Landsleuten immer wieder gesagt, daß sie sich zusammenschließen sollen, nicht um zu betteln, sondern um Möglichkeiten zu schaffen, daß unser Geist der Selbstaufopferung sich wirksam erweisen kann.

Der Indische Kongreß verlor jedoch an Einfluß, da das Volk bald sah, wie nutzlos die Halbheit seiner politischen Bestrebungen war. Die Partei spaltete sich, und es bildeten sich die Radikalen, die die bisherige Methode des Bittens – die leichteste Methode, sich der Verantwortlichkeit gegen sein Land zu entschlagen – verwarfen und für absolute Freiheit des Handelns eintraten. Ihre Ideale gründeten sich auf die Geschichte des Westens. Sie hatten kein Gefühl für die besonderen Probleme Indiens. Sie erkannten die offenbare Tatsache nicht an, daß unsere Gesellschaftsordnung uns unfähig macht, es mit den fremden Völkern aufzunehmen. Denn was würde aus uns werden, wenn England irgendwie aus Indien vertrieben würde? Wir würden nur andern Nationen zum Opfer fallen. Dieselben sozialen Übel würden bestehen bleiben. Was wir in Indien erstreben müssen, ist dies: wir müssen suchen, mit den sozialen Sitten und Idealen aufzuräumen, die uns unsere Selbstachtung genommen und uns von denen, die uns beherrschen, ganz abhängig gemacht haben – mit dem Kastensystem und mit der blinden und trägen Gewohnheit, uns auf die Autorität von Traditionen zu verlassen, die heutzutage vernunftwidrige Anachronismen geworden sind.

Ich lenke noch einmal eure Aufmerksamkeit auf die Schwierigkeiten hin, mit denen Indien zu kämpfen gehabt hat. Sein Problem war das Weltproblem im kleinen. Indien hat eine zu große Ausdehnung und beherbergt zu verschiedene Rassen. Es sind in ihm viele Länder in einen geographischen Behälter zusammengepackt. Es ist gerade das Gegenteil von dem, was Europa in Wahrheit ist: ein einziges Land, das in viele Länder zerteilt ist. So hat Europa bei seinem Wachstum und Fortschritt den doppelten Vorteil gehabt: es hatte die Stärke der Vielheit und die Stärke der Einheit. Indien dagegen, das von Natur eine Vielheit und nur durch Zufall eine Einheit ist, hat immer unter dem losen Zusammenhang der ersteren und unter der Schwäche der letzteren gelitten. Wahre Einheit ist wie eine runde Kugel, sie rollt von selbst und trägt ihr Gewicht mit Leichtigkeit; aber Vielheit ist ein Ding mit vielen Ecken und Kanten, das man mit aller Kraft ziehen und vorwärtsstoßen muß. Es muß zu Indiens Rechtfertigung gesagt werden, daß es diese Vielheit nicht selbst geschaffen hat, es hat sie von Anfang seiner Geschichte an als eine Tatsache hinnehmen müssen. In Amerika und Australien hat Europa sich sein Problem dadurch vereinfacht, daß es die Urbevölkerung fast ganz ausrottete. Und noch heute macht sich dieser Ausrottungsgeist bei den Europäern bemerkbar, indem sie Fremde ungastlich ausschließen, sie, die selbst als Fremde kamen in die Länder, die sie nun beherrschen. Aber Indien duldete von Anfang an die Verschiedenheit der Rassen, und diesen Geist der Duldsamkeit hat es in seiner ganzen Geschichte gezeigt.

In ihm hat auch sein Kastensystem seinen letzten Grund. Denn Indien hat immer versucht, eine soziale Einheit zu entwickeln, die alle die verschiedenen Völker zusammenhielt und ihnen doch die Freiheit ließ, die bei ihnen bestehenden Unterschiede zu wahren. Das Band war so lose wie möglich, und doch so fest, wie die Umstände es gestatteten. So ist etwas wie ein sozialer Bund von Vereinigten Staaten entstanden, dessen gemeinsamer Name Hinduismus ist.

Indien hat gefühlt, daß Rassenunterschiede sein müssen und sollen, was auch ihre Nachteile sein mögen, und daß wir nie die Natur in enge, uns bequeme Grenzen zwingen können, ohne es eines Tages teuer bezahlen zu müssen. Soweit war Indien im Recht; aber es bedachte nicht, daß die Unterschiede, die die Menschen trennen, nicht wie Gebirgsgrenzen sind, die für immer bestehen, sondern fließend mit des Lebens Fluß und Lauf, Gestalt und Größe wechseln.

Indien erkannte durch seine Kasteneinteilung die Unterschiede an, aber nicht die Wandelbarkeit, die das Gesetz des Lebens ist. Indem es versuchte, Zusammenstöße zu vermeiden, stellte es unbewegliche Mauern als Schranken auf und gab so seinen zahlreichen Rassen die negative Wohltat der Ordnung und Ruhe, aber nicht die positive Möglichkeit der freien Bewegung und Ausbreitung. Es ließ die Natur gelten, wo sie Verschiedenheiten geschaffen hatte, aber hinderte sie, diese Verschiedenheiten im ewigen Spiel ihrer schöpferischen Tätigkeit neu zu wandeln. Es wurde der Buntheit des Lebens gerecht, aber es versündigte sich an seiner ewigen Bewegung. Und so entfloh ihm das Leben aus seiner Gesellschaftsordnung, und Indien betet nun statt seiner den prächtigen Käfig mit den vielen Abteilen an, wohinein es das Leben sperren wollte.

Dasselbe geschah, als Indien es versuchte, die Zusammenstöße der verschiedenen Handelsinteressen zu vermeiden. Es wies bestimmte Gewerbe und Berufe bestimmten Kasten zu. Dies hatte die Wirkung, daß der endlose Neid und Haß des Wettstreits für immer beseitigt war – dieses Wettstreits, der soviel Grausamkeiten im Gefolge hat und die ganze Atmosphäre mit Lügen und Betrug vergiftet. Aber auch hierbei legte Indien, das Gesetz der Wandlung außer acht lassend, den ganzen Nachdruck auf das Gesetz der Vererbung und setzte so allmählich Kunst auf Kunstfertigkeit, und schöpferische Kraft auf Geschicklichkeit herab.

Was jedoch dem westlichen Beobachter entgeht, ist die Tatsache, daß Indien, als es das Kastensystem schuf, mit ganzem Ernst und im vollen Bewußtsein seiner Verantwortlichkeit daran ging, das Rassenproblem so zu lösen, daß alle Reibung vermieden, und doch jeder Rasse innerhalb ihrer Grenzen Freiheit gewährt wurde. Wir wollen zugeben, daß Indien dies nicht in vollem Maße gelungen ist. Aber eines müßt ihr auch einräumen: daß der Westen, da er in bezug auf Gleichartigkeit der Rasse in einer viel günstigeren Lage ist, dem Rassenproblem nie seine Aufmerksamkeit zugewandt hat, und daß er, wenn er vor dies Problem gestellt wurde, sich leicht damit abfand, ohne eine ernsthafte Lösung zu suchen. So macht er es auch jetzt, wo er die Asiaten systematisch von den Küsten dieses Landes fernzuhalten sucht und sie ihres Rechtes beraubt, ihren Lebensunterhalt hier ehrlich zu erwerben. In den meisten eurer Kolonien laßt ihr sie nur unter der Bedingung zu, daß sie die niedern Dienste von Holzhauern und Wasserträgern auf sich nehmen. Entweder verschließt ihr den Fremden eure Türen, oder ihr würdigt sie zu Sklaven herab. Dies ist eure Art, das Problem des Rassenstreites zu lösen. Welche Vorzüge diese Art auch haben mag, ihr werdet zugeben müssen, daß sie nicht höheren sittlichen Motiven entspringt, sondern den niederen Leidenschaften der Gier und des Hasses. Ihr sagt: So ist die menschliche Natur. Indien glaubte auch, die menschliche Natur zu kennen, als es seine verschiedenen Rassen durch feste soziale Ranggrenzen voneinander absperrte. Aber wir haben durch teure Erfahrung gelernt, daß die menschliche Natur nicht das ist, was sie scheint, sondern daß ihre Wahrheit in ihren unendlichen Möglichkeiten liegt. Und wenn wir in unserer Blindheit die Menschheit wegen ihres zerlumpten Gewandes schmähen, so läßt sie diese Verkleidung fallen, und wir sehen, daß wir die Gottheit geschmäht haben. Die Erniedrigung, die wir in unserem Stolz oder Eigennutz andern antun, fällt auf unsere eigene Menschheit – und dies ist die furchtbarste Strafe, denn wir spüren sie erst, wenn es zu spät ist.

Nicht nur in eurer Beziehung zu fremden Völkern, sondern auch in der Beziehung eurer verschiedenen Gesellschaftsklassen zueinander habt ihr keine versöhnende Harmonie zustande gebracht. Der Geist des Kampfes und Wettstreits darf ungezügelt seinen Lauf nehmen. Und da er der Sprößling von Habsucht und Machtgier ist, kann er nicht anders enden als mit gewaltsamem Tode. In Indien wurde die Herstellung von Waren unter das Gesetz sozialer Ordnung gebracht. Ihre Grundlage war Zusammenwirken, ihr Ziel vollkommene Befriedigung der sozialen Bedürfnisse. Im Westen ist Wettstreit ihre Triebkraft und Erwerb von Reichtum für die Einzelnen ihr Ziel. Aber der Einzelne ist wie die geometrische Linie, die nur eine Ausdehnung hat. Sie hat keine Breite und keine Tiefe und kann nicht irgend etwas umfassen und dauernd halten. Und daher läuft sie ewig suchend und unbefriedigt fort. Sie kann in ihrer endlosen Verlängerung andere Linien kreuzen und Verwicklungen verursachen, aber sie wird immer dünn und isoliert bleiben und das Ideal der Vollständigkeit nicht erreichen.

Bei allen unseren physischen Begierden erkennen wir eine Grenze. Wir wissen, daß, wenn wir darüber hinausgehen, es auf Kosten unserer Gesundheit geschieht. Aber hat denn diese Gier nach Reichtum und Macht nicht auch Grenzen, jenseits welcher das Reich des Todes ist? Verbrauchen die westlichen Völker bei diesen nationalen Karnevalfesten des Materialismus nicht den größten Teil ihrer Lebenskraft dabei, daß sie tote Dinge schaffen statt lebendiger Ideale? Und kann das eine wirkliche Kultur sein, die das Gesetz der sittlichen Gesundheit außer acht läßt und dadurch, daß sie unaufhaltsam materielle Stoffe in sich hineinschlingt, zu scheußlicher Aufgedunsenheit anschwillt? Im sozialen Leben sucht der Mensch seine Begierden zu zügeln und den höheren Zwecken seiner Natur zu unterwerfen. Aber im wirtschaftlichen Leben kennen unsere Begierden keine anderen Schranken als die von „Angebot und Nachfrage", und diese können künstlich verrückt werden, so daß der Einzelne seinen ausschweifenden Gelüsten, soviel er will, sich hingeben kann. In Indien legten unsere sozialen Ideale unseren Begierden Zügel an – vielleicht unterdrückten sie sie gänzlich –, im Westen jedoch treibt der Geist der wirtschaftlichen Organisation, der kein sittliches Ziel kennt, die Menschen zum fortwährenden Jagen nach Reichtum; aber ist dem keine heilsame Grenze gesetzt?

Die Ideale, die sich in den sozialen Einrichtungen zu verwirklichen suchen, haben ein doppeltes Ziel. Einmal sollen sie unsere Leidenschaften und Begierden zügeln und dadurch unsere harmonische Entwicklung möglich machen, und dann sollen sie uns helfen, in selbstloser Liebe für unsere Mitmenschen zu wirken. Daher ist die Gesellschaft der Ausdruck jenes sittlichen und geistigen Strebens, das zur höheren Natur des Menschen gehört.

Unsere Nahrung ist schöpferisch, sie baut unseren Körper auf; aber der Wein, der nur aufregt, ist es nicht. Unsere sozialen Ideale schaffen die menschliche Welt, aber wenn unser Geist von ihnen abgelenkt wird auf Gier nach Macht, dann leben wir in einem Zustande des Rausches und infolgedessen in einer naturwidrigen Welt, wo unsere Kraft nicht Gesundheit und unsere Freiheit nur Ungebundenheit ist. Daher kann uns die politische Freiheit keine wahre Freiheit geben, solange der Geist nicht frei ist. Ein Automobil kann mir nicht Freiheit der Bewegung geben, weil es eine bloße

Maschine ist. Wenn ich selbst frei bin, so kann ich das Automobil im Dienst meiner Freiheit brauchen.

Wir dürfen in der gegenwärtigen Zeit nicht vergessen, daß die Menschen, die politische Freiheit erlangt haben, darum noch nicht frei zu sein brauchen, sie sind nur mächtig. Die Leidenschaften, die ungezügelt in ihnen wirken können, schaffen riesige Organisationen einer Sklaverei, die sich für Freiheit ausgibt. Die sich Gelderwerb als höchstes Ziel gesetzt haben, verkaufen, ohne daß sie sich dessen bewußt sind, ihre Seele dem Reichtum, entweder einzelnen oder Gemeinschaften. Jene, die in ihre politische Macht verliebt sind und sich an der Ausdehnung ihrer Herrschaft über fremde Rassen weiden, liefern allmählich ihre eigene Freiheit und Menschlichkeit den Organisationen aus, die nötig sind, um andere Völker in Sklaverei zu halten. In den sogenannten freien Ländern ist die Mehrzahl des Volkes nicht frei; sie wird von der Minderheit nach einem Ziel hingetrieben, das sie nicht einmal kennt. Dies wird nur dadurch möglich, daß die Menschen die sittliche und geistige Freiheit nicht als ihr Ziel anerkennen. Sie schaffen mit ihren Leidenschaften riesige Strudel, und wenn sie von der bloßen Geschwindigkeit ihrer wirbelnden Bewegung ganz berauscht und schwindlig sind, so halten sie dies für Freiheit. Aber das Verhängnis, das ihrer wartet, ist so gewiß wie der Tod, – denn die Wahrheit des Menschen ist sittliche Wahrheit, und seine wahre Befreiung geschieht nur im Geiste.

Die große Mehrzahl der heutigen Nationalisten in Indien ist der Meinung, daß wir mit der Entwicklung unserer sozialen und geistigen Ideale endgültig fertig sind, daß diese Arbeit des Aufbaus der Gesellschaft schon seit Jahrtausenden bei uns getan ist, und daß wir jetzt unsere ganze Schaffenskraft in politischer Richtung betätigen können. Wir denken nicht im entferntesten daran, unsere gegenwärtige Hilflosigkeit auf soziale Unzulänglichkeit zurückzuführen, denn unser Nationalismus hat den Glauben, daß dies System schon für alle Zukunft zur Vollendung gebracht wurde von unseren Vorfahren, die die übermenschliche Gabe prophetischen Schauens und die übernatürliche Kraft der Fürsorge für unendliche Zukunft hatten. Daher machen wir für alles Elend und für alle Unzulänglichkeiten die geschichtlichen Ereignisse verantwortlich, die plötzlich von außen über uns hereinbrachen. Und aus diesem Grunde glauben wir, daß es unsere einzige Aufgabe ist, ein politisches Wunder von Freiheit auf dem Flugsand sozialer Sklaverei aufzubauen. Ja, wir wollen den Strom unserer eigenen Geschichte abdämmen und aus den Quellen der Geschichte anderer Völker Macht borgen.

Die unter uns, die dem Wahn erlegen sind, daß politische Freiheit uns frei machen würde, haben die Lehre des Westens als Evangelium angenommen und ihren Glauben an die Menschheit verloren. Wir müssen bedenken, daß jede soziale Schwäche, an der wir festhalten, in der Politik zu einer Quelle von Gefahren wird. Dieselbe Passivität, die uns bei unseren sozialen Einrichtungen an toten Formen hängen läßt, wird in der Politik starre Kerkermauern um uns aufrichten. Die Engherzigkeit, die es möglich macht, daß wir einem großen Teil der Menschheit das drückende Joch der

Minderwertigkeit auflegen, wird sich in der Politik als Tyrannei und Ungerechtigkeit behaupten.

Wenn unsere Nationalisten von ihren Idealen sprechen, so vergessen sie, daß bei uns dem Nationalismus die Grundlage fehlt. Dieselben Leute, die diese Ideale hochhalten, sind in ihrer sozialen Haltung die Konservativsten. Die Nationalisten sagen z. B.: „Seht die Schweiz, wo sich trotz der Rassenunterschiede die Völker zu einer Nation zusammengeschlossen haben." Aber ihr müßt bedenken, daß sich in der Schweiz die Rassen vermischen und untereinander heiraten können, weil sie eines Stammes sind. In Indien ist dies nicht der Fall. Und wenn wir von den verschiedenen Nationalitäten Europas sprechen, so denken wir nicht daran, daß dort die Nationen nicht den physischen Widerwillen gegeneinander haben wie unsere verschiedenen Kasten. Gibt es irgendwo in der Welt ein Beispiel dafür, daß Glieder eines Volkes, die ihr Blut nicht mischen dürfen, doch ihr Blut für einander vergießen, es sei denn gezwungen oder um Sold? Und können wir jemals hoffen, daß diese moralischen Schranken, die der Vermischung unserer Rassen im Wege stehen, nicht auch ein Hindernis für unsere politische Einheit sein werden?

Auch dürfen wir uns nicht verhehlen, daß unsere sozialen Beschränkungen noch immer so tyrannisch sind, daß sie die Menschen zu Feiglingen machen. Wenn mir jemand sagt, er habe ketzerische Ansichten, wage aber nicht, ihnen zu folgen, weil er sonst gesellschaftlich geächtet würde, so verzeihe ich es ihm, daß er ein unwahres Leben führt, um überhaupt leben zu können. Dieser bei uns herrschende soziale Geist, der uns dazu treibt, unseren

Mitmenschen das Leben zur Last zu machen, wenn sie auch nur in der Wahl ihrer Nahrung von uns abweichen, wird sich sicher in unserer politischen Organisation behaupten und schließlich Zwangsmaschinen erzeugen, die jeden vernunftgemäßen Unterschied und damit jedes wirkliche Leben zermalmen werden. Und die Tyrannei wird die unvermeidliche Lüge und Heuchelei im politischen Leben nur noch schlimmer machen. Ist denn der bloße Name Freiheit so wertvoll, daß wir um seinetwillen unsere sittliche Freiheit opfern sollen?

Die Wirkung unserer ausschweifenden Gewohnheiten zeigt sich noch nicht gleich, wenn wir noch in der vollen Kraft unserer Jugend sind. Aber sie zehrt allmählich diese Kraft auf, und wenn die Zeit des Abstiegs beginnt, da haben wir unsere Rechnungen zu begleichen und unsere Schulden zu bezahlen und stehen bald vor dem Bankrott. Noch könnt ihr im Westen den Kopf hoch tragen, obgleich eure Menschlichkeit aus dem Rausch organisierender Macht nicht mehr herauskommt. Auch Indien konnte auf der Höhe seiner Jugend die Last seiner sozialen Organisationen, die auf seine Lebensorgane drückten, tragen und hielt sich tadellos gerade dabei, aber es ist ihm zum Verhängnis geworden und hat seine lebendige Natur allmählich gelähmt. Und so ist es gekommen, daß die gebildeten Schichten Indiens kein Gefühl haben für seine sozialen Nöte. Sie sind gerade stolz auf die Steifheit unseres sozialen Rückgrats, – und weil das gesunde Schmerzgefühl in den Gliedern unseres sozialen Organismus abgestorben ist, so lassen sie sich zu dem Glauben verleiten, daß alles in Ordnung sei. Daher glauben sie, daß das politische Feld jetzt der einzige Spielraum für alle ihre

Kräfte ist. Sie machen es wie jemand, dessen Beine eingeschrumpft und unbrauchbar geworden sind und der sich einzureden versucht, er fühle diese Glieder nicht, weil sie ganz wiederhergestellt seien, nur die Krücken seien nicht in Ordnung.

Dies ist es, was ich über die soziale und politische Wiedergeburt Indiens sagen wollte. Nun ein Wort über seine Industrie. Man hat mich oft gefragt, ob seit dem Beginn der britischen Herrschaft die Industrie in Indien sich gehoben habe. Ich muß daran erinnern, daß die britische Regierung gleich am Anfang unsere Industrie unterdrückt hat und daß wir seit der Zeit keinerlei wirkliche Hilfe oder Ermutigung gefunden haben, uns den ungeheuren Handelsorganisationen der modernen Welt gegenüber zu behaupten. Die Nationen haben entschieden, daß wir ein lediglich ackerbautreibendes Volk bleiben und sogar den Gebrauch der Waffen für alle Zeiten verlernen sollen. So wird Indien in eine Reihe leicht verdaulicher Bissen verwandelt, die jede Nation, auch wenn sie ein noch so unentwickeltes Gebiß hat, zu jeder Zeit verschlucken kann.

Indien hat daher wenig Gelegenheit, seine Originalität auf dem Gebiete der Industrie zu zeigen. Ich meinesteils glaube nicht an die plumpen Riesenorganisationen unserer heutigen Zeit. Schon die Tatsache ihrer Häßlichkeit zeigt, daß sie in Disharmonie mit der ganzen Schöpfung sind. Die großen Kräfte der Natur offenbaren ihre Wahrheit nicht in Häßlichkeit, sondern in Schönheit. Schönheit ist das Siegel, das der Schöpfer unter seine Werke setzt, wenn er mit ihnen zufrieden ist. Alle unsere Erzeugnisse, die die Gesetze der

Vollkommenheit frech verletzen und sich schamlos in ihrer häßlichen Plumpheit zeigen, sind beständig unter dem Gewicht von Gottes Zorn. Wenn euer Handel nicht die Würde der Schönheit hat, ist er unwahr. Die Schönheit und ihre Zwillingsschwester, die Wahrheit, brauchen zu ihrer Entfaltung Muße und Selbstbeherrschung. Aber die Gewinnsucht kennt keine Schranken, wenn sie sich nur ausdehnen kann. Ihr einziges Ziel ist Hervorbringen und Verschlingen. Sie hat weder Mitleid mit der schönen Natur noch mit lebendigen menschlichen Wesen. Sie ist unbarmherzig bereit, ohne auch nur einen Augenblick zu zögern, Schönheit und Leben zu zermalmen und sie zu Geld zu machen. Diese häßliche Roheit im Handel stand in Verachtung bei unseren Vorfahren, die noch Muße hatten, das Idealbild der Menschheit ruhigen, ungetrübten Blickes zu schauen. Die Menschen jener Zeiten schämten sich mit Recht des niederen Triebes, der nur auf Gewinn geht. Aber in unserem Zeitalter der Naturwissenschaften hat das Geld durch das Gewicht seiner Masse sich den Thron erworben. Und wenn es nun vom Gipfel seiner aufgehäuften Schätze aus die höheren Instinkte des Menschen verhöhnt und die Schönheit und alle edlen Gefühle aus seiner Nähe verbannt, so unterwerfen wir uns ihm. Denn wir haben uns in unserer Armseligkeit von ihm bestechen lassen, und unsere Einbildungskraft, von seinem Riesenumfang überwältigt, kriecht vor ihm im Staube.

Aber gerade dieser Riesenumfang und seine endlose Kompliziertheit sind sichere Zeichen seines Versagens und seiner inneren Schwäche. Ein geübter Schwimmer zeigt seine Muskelkraft nicht durch heftige Bewegungen; seine Kraft ist unsichtbar und äußert sich in vollkommener Anmut und Ruhe. Was den Menschen vom Tier unterscheidet, ist seine innere Kraft und sein innerer Wert, die beide nicht von außen sichtbar sind. Aber die heutige Handelskultur braucht nicht nur zuviel Zeit und Raum, sondern tötet Zeit und Raum. Ihre Bewegungen sind heftig, ihre Stimme laut und mißtönend. Sie trägt ihren Fluch in sich, weil sie die Menschheit, auf der sie steht, zu einer unförmlichen Masse zertrampelt. Sie ist rastlos bemüht, Glück in Geld umzuwandeln. Der Mensch sucht seine Menschlichkeit in die kleinste Ecke zusammenzudrücken, um für ihre Organisation ausgiebigen Raum zu schaffen. Er spottet seine menschlichen Gefühle zuschanden, weil sie seinen Maschinen im Wege sein könnten.

In unserer Mythologie haben wir die Sage, daß der, der sich Kasteiungen auferlegt, um die Unsterblichkeit zu gewinnen, Versuchungen zu bestehen hat, die ihm von Indra, dem Herrn der Unsterblichen, geschickt werden. Wenn er sich von ihnen verlocken läßt, ist er verloren. Der Westen hat seit Jahrhunderten nach Unsterblichkeit gestrebt. Indra hat ihm die Versuchung geschickt, um ihn zu prüfen. Diese ungeheure Versuchung heißt Reichtum. Der Westen hat nicht widerstanden, und seine menschliche Kultur hat sich in der Wüste des Maschinenwesens verirrt.

Dieser Handelsgeist mit seinem barbarisch häßlichen Schmuck ist eine furchtbare Gefahr für die ganze Menschheit, weil er das Ideal der Macht über das der Vollkommenheit stellt. Er läßt den Kultus der Selbstsucht in schamloser Nacktheit triumphieren. Unsere

Nerven sind zarter als unsere Muskeln. Das Feinste und Wertvollste in uns wird hilflos und schwach, wenn wir ihm den Schutz nehmen, den es gerade wegen seiner Feinheit braucht. Wenn daher die gefühllose, rohe Macht in blinder Wut über die Straße der Menschheit hinstürmt, so verscheucht sie durch ihre Roheit die Ideale, die wir in jahrhundertelangem Martyrium gehegt haben.

Die Versuchung, die schon dem Starken verhängnisvoll ist, wird es dem Schwachen noch mehr. Und daher kann ich sie bei uns in Indien nicht willkommen heißen, wenn auch der Herr der Unsterblichen sie gesandt hat. Laßt unser Leben einfach in seiner äußeren Erscheinung und reich an innerem Gewinn sein. Laßt unsere Kultur sich auf die feste Basis sozialen Zusammenwirkens gründen, und nicht auf Kampf und wirtschaftliche Ausbeutung. Wie wir dies heute können, wo wir in den Zähnen des wirtschaftlichen Drachen sind, der unser Lebensblut aussaugt, dies zu finden, ist die Aufgabe der Denker aller östlichen Völker, die an die menschliche Seele glauben. Es ist ein Zeichen von Ohnmacht und Trägheit, wenn wir Lebensbedingungen annehmen, die andere mit andern Idealen uns auferlegen. Wir sollten uns aufraffen und die Kräfte der Welt uns dazu dienstbar machen, unsere Geschichte zu ihrem eigenen Ziel, der Vollkommenheit, zu führen.

Aus dem Gesagten wird man sehen, daß ich kein Volkswirtschaftler bin. Ich will zugeben, daß es ein Gesetz von Angebot und Nachfrage gibt und daß der Trieb des Menschen immer dahin geht, mehr haben zu wollen, als gut für ihn ist. Und doch halte ich an meinem Glauben fest, daß es so etwas gibt wie die

Harmonie vollen Menschentums. Wer sie hat, der ist reich bei aller Armut, er ist Sieger, wenn er auch besiegt wird, ihn führt der Tod zur Unsterblichkeit, wo die ewige Gerechtigkeit seine Schmach in strahlenden Triumph wandelt.

Der Sonnenuntergang des Jahrhunderts

Geschrieben in bengalischer Sprache
am letzten Tage des letzten Jahrhunderts

1.

Die letzte Sonne des Jahrhunderts versinkt in den blutigroten Wolken des Westens und im Wirbelsturm des Hasses.

Die nackte Selbstsucht der Völker tanzt in wahnsinniger, trunkener Gier zu den Klängen der klirrenden Schwerter und der heulenden Rachegesänge.

2.

Doch der hungrige Leib der Nation wird im Augenblick der höchsten Raserei zerplatzen von ihrem schamlosen Fressen.

Denn sie hat die Welt zu ihrem Fraß gemacht.

Und während sie sie gierig beleckt und zermalmt und in großen Bissen hinabschlingt, Schwillt sie mehr und mehr,

Bis mitten in diesem unheiligen Festmahl der Strahl des Himmels plötzlich herabfährt und ihr brutales Herz durchbohrt.

3.

Das purpurne Leuchten am Horizont ist nicht die Morgenröte deines Friedens, mein Mutterland,

Es ist der Widerschein des Scheiterhaufens, auf dem ein ungeheurer Leichnam zu Asche verbrennt; die Selbstsucht der Nation, die sich den Tod gefressen.

Dein Morgen wartet hinter dem stillen Dunkel des Ostens,

Er wartet geduldig und schweigend.

4.

Sei wach, Indien!

Halt' dein Opfer bereit für den heiligen Sonnenaufgang!

Laß deine Stimme die erste sein, die ihn begrüßt, und singe:

„Komm Friede, du aus Gottes großem Schmerz geborene Tochter, Komm mit deinem Schatz von stillem Glück,

Komm mit dem Schwert der Tapferkeit,

Komm mit dem Kranz der Sanftmut auf der Stirn!“

5.

Oh, meine Brüder, schämt euch nicht, vor den Stolzen und Mächtigen zu stehen

In dem weißen Gewande eurer Einfalt!

Eure Krone sei die Demut, und eure Freiheit die Freiheit der Seele.

Auf der kahlen Stätte eurer Armut errichtet täglich von neuem Gottes Thron,

Und wisset: das Ungeheure ist nicht das Große, und Stolz währt nicht ewig.